EILANDGASTEN

Van Vonne van der Meer verschenen eerder

Het limonadegevoel en andere verhalen
Een warme rug (roman)
De reis naar het kind (roman)
Zo is hij (roman)
Nachtgoed (verhalen)
Spookliefde (novelle)
Weiger nooit een dans (toneel)
De verhalen

Vonne van der Meer

Eilandgasten

2001
Uitgeverij Contact
Amsterdam/Antwerpen

De dichtregels op p. 77 zijn afkomstig uit
'Marc groet 's morgens de dingen' van Paul van Ostaijen.

Eerste druk augustus 1999
Achtttiende druk april 2001

Omslagontwerp Artgrafica
Omslagillustratie Johan de Meester
Foto auteur Ronald Hoeben
Typografie Arjen Oosterbaan

ISBN 90 254 1219 X
D/2001/0108/714
NUGI 300

Het wordt hoog tijd dat ik afsluit. Als ze de middagboot genomen hebben kunnen ze binnen een halfuur hier zijn. Het is me een keer gebeurd dat ik net helemaal zweterig en voldaan de deur achter me had dichtgetrokken, de sleutel onder de mat gelegd, toen ik ze zag staan, naast een bolderkar met bagage en kinderen, onder aan het schelpenpaadje. De teleurstelling op hun gezichten. Sindsdien weet ik dat ik onzichtbaar moet blijven. Als ze mij hier aantreffen is het huis minder van hen, en als het huis niet van hen wordt, worden het geen gelukkige dagen. Ook al weten de mensen dat ze dit huis huren voor een week, of twee weken of een maand misschien zelfs, ze moeten kunnen doen alsof het van hen is. Mij zou dat geen moeite kosten. Van alle huizen die ik heb schoongemaakt, is Duinroos me het liefst. Torenzicht, Kiekendief, Jojanneke en D'instuif heb ik in de loop der jaren afgestoten. Mooie huisjes, daar niet van, met tegels en zeil op de vloeren, heel wat makkelijker in het onderhoud dan Duinroos, maar het werd me te veel, ik moest kiezen.

Voor de grote schoonmaak aan het begin van het seizoen trek ik anderhalve dag uit, de was niet meegerekend. Maar hoeveel tijd ik ook neem, het eindigt er toch mee dat ik me moet haasten. Dekens, moltons en gordijnen was ik aan het eind van het seizoen, en aan het begin strijk ik de gordijnen, maar mij ontgaat ook wel eens wat. Op het laatste moment ontdek ik dan weer dat er een paar steken loszitten in de zoom van het gele gordijn van de ouderslaapkamer. Daar moet ik iets aan doen, want ik weet precies hoe het gaat: de kinderen kruipen 's ochtends bij hun ouders op bed, rukken de gordijnen open en voor je het weet hangt de hele zoom eruit.

Goed dat ik gisteren alle ramen en deuren, van de grote openslaande deuren tot het doorgeefluikje en de dakramen aan toe, tegen elkaar heb opengezet om de winterslaaplucht eruit te laten waaien. Vandaag regent het om de haverklap. Tussen twee buien door heb ik de kokosmat buiten gelegd want die ruikt wat muf, en nog maar eens een keer de houten vloer gezogen. Dat had ik gisteren ook al gedaan en aan het eind van het vorige seizoen natuurlijk, maar uit die brede kieren tussen de planken blijft zand komen. Ik zou wel eens willen weten hoeveel kilo ik er in de loop der jaren uitgezogen heb. Ze zijn dit jaar het strand aan het ophogen, en overal liggen buizen zo dik als boomstammen, maar een rechtstreekse verbinding met mijn stofzuigerslang was ook een oplossing geweest.

Die kokosmat zou eigenlijk vervangen moeten worden. Een bruin-oranje streep, die mat moet nu wel haast dertig jaar oud zijn, uit de jaren zestig toen bruin en oranje mode was, hoewel ik me niet kan voorstellen dat meneer Duinroos hem om die reden gekocht heeft. Met wat mode is hoef ik bij hem niet aan te komen. Hij heeft niet eens telefoon. Ik heb hem geschreven dat de mat in de woonkamer aan vervanging toe is, en of hij een nieuwe wil opsturen of geld overmaken zodat ik in Harlingen iets aardigs kan uitzoeken, maar daar heb ik nog niets op gehoord. Ook niet op de brief dat de televisie al zolang ik me kan heugen kapot is.

Om de winter te verdrijven heb ik op de tafel en in

de vensterbank wat dennenappels neergelegd, maar ik ben hier vandaag al weer zo lang dat ik niet meer weet hoe het ruikt. Ja, ik hoor de boot al heel in de verte. Als ik de boot hoor terwijl ik hier nog ben voel ik me net Assepoes op het bal. Was de koelkast nou dicht? Heb ik een nieuwe wc-rol in de houder gehangen, ligt er een doos lucifers bij het blikje naast het fornuis? Is de radio uit? Nog een keer door het huis, rustig, eerst worden de bagagekarren van de boot gereden, dan pas mogen de passagiers er af.

Zo... Als ze een taxi nemen kunnen ze hier ieder moment zijn. Ik moet ervandoor, maar het valt me niet licht, want het is voorlopig voor het laatst dat ik de boel op mijn gemak kan nalopen. Er staan schoonmaakspullen in het gootsteenkastje, over de rand van de emmer hangt een nieuwe dweil, twee keer gewassen anders neemt hij geen vocht op en krijgt de dweil de schuld als de vloer niet schoon wordt. 'De gasten dienen het huis schoon achter te laten' – zo staat het in de huurbrief, en ook op het papier naast de geiser in de keuken. Ik word alleen betaald voor de grote schoonmaak aan het begin en het eind van het seizoen, mag kleine aanschaffen doen 'mits noodzakelijk', en in principe hoef ik hier de hele zomer niet meer te komen. Maar er is ook nooit gezegd dat ik tussendoor niet eens een kijkje mag nemen. Dat mag best.

Het boek, het gastenboek, waar zal ik het nu eens neerleggen? Op de eettafel is te opdringerig, op de lage tafel te veel alsof het daar maar voor de sier ligt. Op het boekenplankje zal het mensen die nooit lezen misschien niet eens opvallen. Ik wil dat ze het zien. Ik vind het zo treurig als ze er niks in schrijven. Als ze het, zodra ze uitgepakt hebben en wat rondkijken zien liggen, denken ze later bij bepaalde gebeurtenissen misschien:

ah, dat zou nou leuk zijn voor het gastenboek. En dan maar hopen dat ze er de dag voor hun vertrek aan denken en zich er niet op het laatste moment met een paar zinnen van afmaken. Dat het weer zo stralend was, of juist niet 'maar dat mocht de pret niet drukken'. Welke pret? denk ik wanneer ik zoiets lees. Waarom zijn die mensen naar het eiland gekomen? Aan het servies te oordelen dat er hier in een paar maanden doorheen gaat, wordt er nogal eens wat afgereageerd. Soms zou ik willen dat ik dit huis niet alleen schoonhield, maar dat mijn armen de muren waren, mijn ogen de ramen. Dat ik kon zien en horen wat Duinroos meemaakt.

Hier, op het hoekbankje leg ik het. Als de zon ondergaat en het is te koud om nog even naar het strand te gaan, zitten de gasten hier, denk ik. Als ik hier woonde, zou ik 's avonds op dit bankje willen zitten. Je kijkt de hele Badweg af, tot aan het laatste duin voor de zee. Het is de mooiste plek, met die struiken die tegen het huis opkruipen. Als de duinroos in mei bloeit, zit je hier midden tussen de bloemen. Ja, hier leg ik het neer. Hier ligt het alsof het er altijd gelegen heeft. En het veertje dat ik vanochtend bij de bosrand gevonden heb leg ik bij een nieuwe bladzij, zodat het voor de eerste gasten van dit jaar op de juiste plek openvalt.

I

Een klein vierkant huis, betimmerd met zwart geteerde planken. Uitbouwtjes, als brede heupen, naar beide kanten. Of het kamers waren of een keuken of schuurtje, kon ze op de foto niet zien. Op de benedenverdieping grote, openslaande deuren die uitkwamen op een met wit houtwerk omheind terras. Daar zou Floris kunnen spelen, op een deken in de zon. Vlak onder het oranje pannendak was nog een klein raampje, en in de driehoek tussen raam en daklijst een smal wit bord met zwarte letters: Duinroos moest daar staan. Chiel was op een avond, een week of vijf geleden, met een gids met vakantiehuizen thuisgekomen, had hem open op haar schoot gelegd. 'Kijk, dit huisje heb ik voor een week kunnen huren.' Het huis had iets stevigs, duidelijks, zag ze meteen, alles wat zij de laatste tijd niet was. Ze hoopte dat de planken nog naar teer roken, teer bracht haar altijd in een ademteug terug naar de zomers uit haar kinderjaren, naar de kades waar ze met haar vader naar vissersboten ging kijken.

Dana had de foto van Duinroos in haar geheugen geprent, maar nu ze ernaartoe reden regende het zo hard dat ze door de ramen van de bus alleen maar contouren zag, er viel niet veel te herkennen. Als Chiel met haar had overlegd in plaats van haar te overvallen, had ze misschien toch voor een vakantie in een warm land gekozen, voor een eiland met een exotische naam waar je in april al in bikini kon rondlopen.

Ze stopten bij een kampeerterrein dat Stortemelk heette, niemand stapte uit, het was nog veel te koud om te kamperen. Rare naam, Stortemelk, deed haar denken aan de straaltjes die spontaan uit haar borsten gevloeid waren toen ze na zes maanden was opgehouden met voeden. Ze was nog nooit op Vlieland geweest, had geen idee hoe ver Duinroos van de haven lag, of ze er bijna waren, al voorbij waren zelfs, als de chauffeur vergeten was hen te waarschuwen. Dan moesten ze dadelijk ook nog een heel eind teruglopen, door de stromende regen met Floris en al die bagage, alleen al een reusachtige tas met lakens. Alsof ze niet al genoeg te sjouwen hadden. Floris was de hele reis, twee uur in de auto en anderhalf uur op de boot, klaarwakker geweest, maar nu sliep hij met zijn hoofd tegen zijn vaders borst. In slaap was hij twee keer zo zwaar. Waarom hadden ze ook geen taxi genomen, dan waren ze er nu al lang en breed. Ze stootte Chiel aan.

'Weet jij waar we eruit moeten?'

'Nee, maar de chauffeur waarschuwt wel.'

Ze wist niet of het kwam door de busrit, ze zat haast nooit in een bus, of door het getuur met haar neus tegen het raam, maar ze herinnerde zich ineens scherp hoe het was om vroeger van een schoolreisje terug te keren: de onrust als ze niet meteen haar moeder zag tussen de wachtende ouders. Een onrust die nog versterkt werd doordat ze misselijk was van vermoeidheid en te veel snoep. Wanneer hun blikken elkaar vonden, bleek haar moeder haar allang gezien te hebben in die bus vol opgewonden kinderen, dat zag Dana aan hoe haar moeder naar haar keek, hoe ze zwaaide. Sommige moeders stonden alleen maar te kletsen, die letten helemaal niet op. Misschien herkent het huis ons wel, dacht ze, het staat tenslotte hoog op een duin, misschien heeft het huis ons allang zien aankomen.

De bus minderde vaart, Dana veegde over het beslagen raam, en keek ingespannen naar de huizen in de duinenrij aan haar rechterkant. 'Kiekendief, Rommelpot, Marianna, Suzanna, Veronica,' zei de chauffeur, en zette de bus langs de kant van de weg. Onwillekeurig keek ze naar Chiel of hij bij het horen van een van die vrouwennamen reageerde, maar hij vertrok geen spier, zijn kin rustte nog steeds op het hoofd van Floris. Het geluid waarmee de deuren opengingen leek op een diepe zucht, alsof de bus haar gedachten raadde. Ze had Chiel nooit gevraagd hoe ze heette, die vrouw in Berlijn. Met opzet niet. Hij had haar verteld dat ze oorspronkelijk uit Oost-Berlijn kwam, in de DDR was opgegroeid en dat ze tolk was. Meer wilde Dana niet weten. Als zijn bedrog een naam had, was het moeilijker te vergeten. Stel dat het een veel voorkomende naam was als Eva of Marianne, dan zou ze er iedere keer wanneer die naam viel weer aan herinnerd worden. Ze werd er al vaak genoeg aan herinnerd. Wanneer iemand zei dat hij naar een congres ging bijvoorbeeld. Congres was sinds Berlijn een woord zoals bordeel, en sauna.

Een echtpaar met een tweeling van een jaar of vijf stapte uit. De vrouw eerst met de kinderen, de man gaf haar gehaast hun koffers aan terwijl hij zo nu en dan schichtig naar de chauffeur keek alsof hij bang was dat de bus al weg zou rijden. Dana lette op of er niet per ongeluk een tas van hen werd uitgeladen. Floris kon niet naar bed zonder zijn slaaplap, een gescheurde blauw-grijs geruite theedoek, zijn tas was onmisbaar. Terwijl ze in haar hoofd naging wat in welke tas zat, wist ze ineens weer wat ze vergeten was: een dik boek waar ze al weken in had willen beginnen. Maar waar het lag, kon ze niet bedenken.

Alle koffers en tassen van het paar met de tweeling stonden langs de kant van de weg. De man knikte naar de chauffeur, veegde het zweet van zijn voorhoofd en zwaaide ook opgelucht naar hen. Dana knikte afwezig. *Het oneindige verhaal*, zo heette het boek. Ze had het van haar vader gekregen voor haar dertigste verjaardag. Of het iets voor haar was, wist ze niet, ze had er nog maar een paar bladzijden in gelezen, maar het gebaar had haar ontroerd. Meestal kocht haar moeder de cadeaus voor de kinderen, en ook stuurde hij wel eens zijn secretaresse op pad, maar dit boek had hij zelf uitgekozen. 'Het schijnt voor volwassenen en kinderen te zijn,' had hij gezegd, en omdat ze nu moeder was...

De bus maakte een scherpe bocht en vanzelf ging haar blik naar de andere kant van het gangpad. Chiel had zijn nog vrije hand al om Floris heen gelegd. Sinds Berlijn ontfermde hij zich voortdurend over hem. Dat was al meteen begonnen bij hun weerzien op Schiphol. Alsof hij via hun kind bij haar terug probeerde te komen, door hardnekkig te vaderen ook weer helemaal haar man zou worden. Floris merkte niets van de bocht, de hand, of de blikken die er over zijn hoofd gewisseld werden. Soms kon je je been niet strekken of hij schrok al wakker, andere keren kon je bij wijze van spreken gerust met hem in de achtbaan gaan zitten. De motor die gierend onder zijn slaapkamerraam door reed, hoorde hij niet, maar toen zij op een avond in bad een huilbui kreeg, klonk even later als een echo uit de kinderkamer ook zijn gehuil. Chiel had hem uit bed gehaald, en was met het huilende kind op de rand van het bad bij zijn huilende vrouw gaan zitten, niet wetend waar hij beginnen moest met troosten. Ze had vlug een washand over haar gezicht gelegd. 'Mama pijn?' 'Nee, mama verkouden.'

De bus minderde vaart. Merel, Torenzicht, Duinroos, zei de chauffeur. Weer gingen de deuren zuchtend open. Niet meer aan denken, dacht Dana, zes weken modderen is genoeg. Het moet afgelopen zijn. Ik wil me niet meer om de kleinste dingen aan hem ergeren. Als ik het me voorneem, lukt het ook: het is voorbij. Dit was mijn laatste zucht.

Ze stond op en haalde diep adem. Zout, ze rook het meteen, ze hoefde het duin maar over te steken en ze was bij zee. Haar blik ging omhoog naar de duinenrij en viel op een huis met een oranje pannendak en zwart geteerde planken. Ze glimlachte, vanzelf. 'Daar, ons huis,' zei ze, meer tot zichzelf dan tot haar man en zoon.

Het had iets opwindends, een sleutel die ze daar niet zelf had neergelegd van een huis dat het hunne niet was onder de mat vandaan te halen. Toen ze de deur niet meteen open kreeg merkte ze dat ze schichtig om zich heen keek en toen Floris jengelend wakker schrok probeerde ze hem vlug te sussen. Ze nam Floris van Chiel over en gaf hem de sleutel, en na enig morrelen, met gesloten ogen want dan kon hij zich beter concentreren, ging de deur open. Hij deed een stap opzij, maakte een hoofs gebaar, treedt u binnen, en liep vlug het pad af om de buggy te halen en de tassen die nog bij het hekje stonden.

Ze keek een smalle gang in, waar vier deuren op uitkwamen en een trap. Glimmend gelakte deuren, zeegroen in een iets donkerder matgroene lijst. Het linoleum op de vloer was beige-grijs, haast dezelfde kleur als het schelpenpad achter haar. Het eerste dat ze deed toen ze het huis binnenging was langdurig haar voeten vegen. Floris krulde zijn onderlip naar voren, aarzelde tussen bedremmeld zwijgen of toch maar weer huilen.

Om hem op zijn gemak te stellen begon Dana alles wat ze zag aan te wijzen en te benoemen. Verlegen, omdat het toch onbeleefd was in andermans huis zomaar een deur te openen, legde ze haar hand op de dichtstbijzijnde klink.

'Kijk, de wc.'

Als klein kind wilde ze altijd overal waar ze door haar ouders mee naartoe genomen werd, bij familie, in restaurants, eerst de wc zien. Vreemd, hoe vaak ze sinds ze zelf moeder was aan haar kinderjaren terugdacht, sommige dagen voortdurend. Deze wc was in orde. De muren waren wit en liepen over in glanzend witte tegels. De bril was zwart, de wc-pot schoon, het fonteintje ook en het rook naar groene zeep. Er hing een nieuwe rol in de houder en daarboven een handgeschreven briefje: 'Denk niet bij het laatste vel, wie na mij komt die redt zich wel.' De lussen van de letters waren opvallend groot, als vleugels.

Grinnikend trok ze een gestreept plastic gordijn opzij, en weer dicht, en slikte nog net het woord douche in. Floris raakte al overstuur van het woord. Te veel lawaai, te veel gespetter. Er was geen bad in dit huis, had ze in de gids gezien, maar vast wel een teil waarin ze hem konden baden. Ze wilde de deur aan de andere kant van de gang openen, had weer de neiging te kloppen, maar deed het niet. Het huis was van hen, ze kon overal binnenlopen, zitten, liggen, hard zingen, lachen, plassen met de deur open. Het huis was gehuurd, betaald, van hen voor een hele week.

De deur leidde naar een kleine slaapkamer. Slaapkamers op de begane grond, dat was altijd zo in vakantiehuisjes. Voor het raam hingen ouderwetse groene gordijntjes met gele en rode bloemetjes, maar het licht dat erdoorheen viel was groenig. Floris leek wel zeeziek in dit licht, een zeeziek visje in een aquarium. Ze opende de gordijnen. Op de weg stapte een man van zijn fiets, trok zijn gele poncho over zijn hoofd en sloeg de druppels eraf. Dana zette Floris neer bij het bed, zodat hij iets had om zich aan vast te houden. 'Bed,' zei ze. 'Niet Floris' bed. Floris' bed staat ergens anders.' Er moest een kinderbed in huis zijn, en ook een kinderstoel.

Op het matras lag een molton, schoon zo te zien, een kussen en twee geblokte dekens. Thuis hadden ze ook dekens. Ingestopt worden was beter dan dat iemand alleen maar je dekbed rechttrok. Haar moeder stopte haar vroeger altijd heel stijf in. Dana maakte er soms een spelletje van: het was de kunst de hele nacht stil te blijven liggen en 's ochtends zonder lakens en dekens los te trekken uit bed te glippen, als een brief uit een envelop die niet was dichtgelikt. Dan kwam haar moeder 's ochtends haar kamer binnen en riep verbaasd dat het wel leek of Dana niet thuis geslapen had: 'Kom eens kijken, Gerard, Daantje heeft niet thuis geslapen vannacht.' Daar moesten haar ouders reuze om lachen, iedere keer weer, en dan vroegen ze zich af waar ze die nacht geweest was, bij wie?

Toen ze Chiel 's ochtends om acht uur in het hotel belde en hij niet op zijn kamer bleek te zijn, had ze het al kunnen weten. Acht uur is de beste tijd om me te bellen, had hij gezegd, dan ben ik zeker op maar nog niet weg. Ze had de man van de balie die zei dat haar man niet op zijn kamer was nog willen vragen of haar *Ehemann* soms aan het joggen was, maar ze was er ineens niet zeker van wat joggen was in het Duits.

Hijgend zette Chiel de laatste tas in de gang, en veegde met de rug van zijn hand de regen van zijn gezicht. De regen was zoutig, regen die naar zee smaakte, hij kon zich niet herinneren wanneer hij dat voor het laatst had geproefd. Hij had zich gehaast om alle bagage zo snel mogelijk droog naar binnen te krijgen, maar het was opgehouden met regenen, zag hij nu hij de voordeur achter zich dichttrok, hij had niet zo zijn best hoeven doen. Maar hij kon niet anders, zijn best doen was tegenwoordig zijn tweede natuur. Hij zag haar staan in het kamertje naast de voordeur, voorovergebogen over een ijzeren bed. Ze snuffelde aan de dekens. Haar neus, daar was hij het bangst voor geweest. Dat ze het meteen zou ruiken. Dat ze het zou ruiken en proeven, het zout op zijn lippen. Terug in zijn hotel had hij wel een halfuur in bad gezeten om de nacht uit zijn poriën te weken.

Dana draaide zich om. 'Wat kijk je?'

Hij grijnsde de herinnering weg: 'Dana, de hasjhond.' Hij bukte zich en tilde Floris hoog in de lucht. 'Is het wat, is het een beetje naar jullie zin?'

Met zijn drieën bekeken ze op hun gemak de rest van het huis. De keuken was ruim, met een laag, granieten aanrecht en een zwart-wit betegelde gootsteen. In de muur naar de woonkamer zat een doorgeefluik. Op de vensterbank onder een raam dat uitkeek over de duinen stond een glazen pot, waar ooit Nescafé in had gezeten, gevuld met suiker, daarnaast een pak koffie, en een doos theezakjes.

'Erfenis van de vorige bewoners?' vroeg Chiel.

'Volgens mij zijn wij de eerste dit jaar.'

'Hoe weet je dat?'

'De dekens ruiken nog naar zeep.'

Nadat hij begrepen had waar het doorgeefluik voor diende, wilde Floris niet meer op de arm van zijn ouders naar de kamer, maar uitsluitend via het luik en Dana liep naar de woonkamer om hem van Chiel aan te pakken. Weer begon ze alles aan te wijzen en hardop te benoemen: eettafel, ronde eettafel, bloemen, rieten lamp, stoelen, televisie, asbak van glas – nee niet aankomen – kinderstoel, bank, lage tafel. Gordijnen met bloemen of vleesetende planten – wat zijn het? –, kachel, boekenplank. Ze zette hem bij de lage tafel neer, en opende een deur die naar een slaapkamer bleek te leiden.

Een tweepersoonsbed nam haast alle ruimte in, naast de deur was alleen nog plaats voor een smalle klerenkast, waarin ijzeren hangertjes hingen. Al jaren waarschijnlijk, want het ijzer voelde ruw aan, alsof de zilte lucht zelfs in de kast was binnengedrongen. Zowel aan het voeteneind als naast het bed waren ramen, met gele gordijnen. Ze hield van die kleur, dan leek het zelfs op grijze dagen mooi weer. Ze strekte zich uit op het bed, zag dat er geen bedlampjes waren, wel een stopcontact vlak boven de plint naast het bed. Ze zou een van de staande lampen uit de woonkamer hier neerzetten, want ze wilde beslist lezen in bed, en voor ze het nu weer vergat moest ze Chiel toch eens vragen of hij *Het oneindige verhaal* ergens had zien liggen. Ze kwam overeind, en op hetzelfde moment herinnerde ze zich dat er in de andere kamer een kachel stond waar Floris naartoe kon kruipen.

Voorzichtig raakte ze met haar vingertoppen het gietijzeren deksel aan, maar dat was ongevaarlijk lauw. Toch was het niet vochtig of winterkil in het huis, iemand moest de kachel vandaag een tijdje hoger gezet hebben om de kou uit het huis te jagen. Floris sloeg met zijn vlakke hand op tafel, en keek de kamer rond. Zijn mond hing open, hij kwijlde van opwinding. Wat zag hij? Vast niet hetzelfde als zij? Hij zag een bank met grote zachte kussens die hij eraf kon trekken, terwijl zij wanneer ze naar diezelfde bank keek alleen maar kon denken hoe lelijk ze hem vond. Een bruin houten frame met wijkende armleuningen, en een opvallend hoge rug; de vierkante kussens waren bekleed met een onverslijtbare, grof geweven, diarreekleurige stof. Het leek nog het meest op een uit zijn krachten gegroeide leunstoel.

'Wat lach je?' Chiel sloeg zijn arm om haar heen.

'Om de inrichting, die bank vooral, vooroorlogs.'

''t Is maar voor een week.'

Al de eerste keer dat deze vakantie ter sprake kwam, en ze zich samen over de foto van Duinroos bogen, had Dana gemerkt hoe graag hij wilde dat zijn keus, zijn verrassing, haar beviel.

''t Doet er ook niets toe,' zei ze, 'schone wc, de kachel doet 't, geen kuilen in het matras. 't Is een prima huis, echt.'

'Maar wel bruin. Die bank heeft net zo'n kleur als dat spul uit een potje dat we Floris wel eens voerden. Wat voor stijl is dit nou? Oisterwijk?'

'Oost-Duits.'

Het was haar ontsnapt, of niet eens want dan zouden de woorden hebben staan dringen voor in haar mond. Ze had het zomaar gezegd, en bedoelde er niets anders mee dan dat het meubel er wat oostblokkig uitzag.

Chiel wendde zich met een rood hoofd af en besloot te doen alsof hij het niet gehoord had. Congres stond sinds een week of zes op de lijst besmette woorden, maar Oost-Duitsland nu blijkbaar ook. Dat kon nog leuk worden als de val van de Muur weer eens werd herdacht. Hij rechtte zijn rug. 'Heb jij al ergens een kinderbed ontdekt?'

'Nee. Onder het bed in het aquariumkamertje misschien?'

'Welk kamertje?'

'Tegenover de wc. Maar boven kan ook, daar ben ik nog niet geweest. Ik kijk wel even...'

'Nee, ik ga al.'

Hij haastte zich de kamer uit, trok de deur achter zich dicht om maar zo snel mogelijk onzichtbaar voor haar te zijn. Langzaam liep hij de smalle steile trap op. Het was toch niet zijn schuld dat ze erachter gekomen was? Als het aan hem lag, had hij het geheimgehouden. Geheim, zwaar woord voor één nachtje met een andere vrouw. Er moest een woord bestaan voor iets dat je maar beter voor je kon houden, een woord dat minder gewichtig was, niet zo met zeven sloten erop.

Boven aan de trap viel zijn blik op een deur met een klein wit metalen bordje, waarop in zwarte letters PRIVÉ geschreven stond. Hij kon het niet laten en legde zijn hand op de klink, maar de deur gaf niet mee. Die nacht met Helga had ook een afgesloten kamer moeten blijven, waar Dana niets van wist. Helga woonde in Berlijn in een appartement met versleten zeil op de vloer dat bij de plinten al begon af te brokkelen; een bed, een keukentafel waaraan ze at, werkte, brieven schreef, meer stond er niet. Een flat zo kaal, dat hij dacht dat ze aan het verhuizen was. En dat had hij haar ook gevraagd. Ze was in lachen uitgebarsten. Nee, zo hoorde het, zo zag het er hier altijd uit. Van het salaris dat ze als tolk verdiende onderhield ze haar moeder en twee broers. Ze was al blij dat ze een flat voor zich alleen had; wat ze van haar salaris voor zichzelf kon besteden, ging op aan huur, eten en kleding. Terwijl ze over haar problemen vertelde keek ze hem met haar grote bruine ogen onafgebroken aan, en hij vroeg zich af hoe hij haar zou kunnen helpen. Ze kenden elkaar nu drie dagen, zochten voortdurend elkaars gezelschap. Hij mocht haar toch best – gewoon als vriend – wat geld aanbieden: hier, neem aan alsjeblieft, voor een kleed, een goede bureaustoel, of een betere lamp om bij te werken. Schaam je niet, toen ik arm was ben ik ook geholpen. Maar naarmate de avond vorderde en de fles wodka leger werd, dacht hij niet langer aan helpen maar uitsluitend aan hebben. En nadat hij de nacht met haar had doorgebracht wist hij helemaal niet meer hoe hij op een vanzelfsprekende manier zijn portefeuille moest trekken zonder een klant te lijken, een wessie, een patser. Ze was een goed opgeleide tolk, sprak Russisch, Engels, Nederlands, hij was bang haar te beledigen.

Later was het toch nog goed gekomen. Toen hij terug was op zijn hotelkamer, en druipend uit bad kwam, zag hij het boek op zijn nachtkastje liggen. Een prachtig dik, gebonden boek waar hij nog geen bladzij in had gelezen, het zag eruit alsof het zo uit de winkel kwam. Ze hadden het met Kerstmis gekregen, Dana of hij, samen waarschijnlijk en van wie wist hij niet meer, Dana's familie was met Kerstmis altijd heel royaal met boeken. Tijdens de lunch, de laatste dag van het congres, had hij Helga het boek gegeven. Een Duits boek, in een Nederlandse vertaling, ze was er blij mee geweest, vond het een toepasselijk cadeau, hoewel een oneindig verhaal zou hun nacht samen wel nooit worden? Nee, had hij geantwoord, dat zat er niet in, daar was hij vanaf het eerste moment toch heel eerlijk over geweest? Hij was getrouwd, en niet 'eigenlijk ongelukkig', hij was zelfs al vader.

Beneden hoorde hij Dana tegen Floris praten. Hij kon het letterlijk verstaan. Zo dichtbij was ze die nacht ook geweest. Hij had haar niet voor zich gezien toen hij Helga's blouse losknoopte, maar ze was er wel, de hele tijd.

'Nee de tv mag niet aan. Vanavond pas, net als thuis.

Mag niet! Asbak. Eerst gaat papa Floris' bed neerzetten, dan gaan we je bed opmaken... Ja, dennenappel. Ruik je het bos? Niet in je mond!'

Hij had het kinderbed allang zien staan, op de overloop, ingeklapt tegen de trapleuning, met een matras ernaast. Hij had hier niets meer te zoeken. Behalve de dichte deur met PRIVÉ erop, was er nog een kamertje onder het dak, helemaal lichtblauw geschilderd tot de nok van het dak aan toe, met een klein raam dat uitkeek over de duinen. Mooie plek om brieven te schrijven. Het had iets van een cel, of van een kapel als je de meubels wegdacht.

Hij had Helga's adres niet gevraagd, wilde zich niet in de verleiding brengen haar nog eens te bellen, te schrijven of af te spreken ergens in Europa. Voor haar werk moest ze vaak op reis, het had makkelijk gekund maar hij wilde het niet. Niet nog roeziger worden dan hij al was, wanneer hij terugdacht aan die nacht. Niet dat zij naar hem ging verlangen, hem wilde terugzien, dan hier, dan daar. Hij wilde geen verscheurd leven leiden, met nog meer herinneringen die hij voor Dana moest verzwijgen. Hij was overmoedig geweest. Hij kon niet tegen wodka, wist dat van zichzelf en toch had hij twee glazen gedronken omdat hij wel eens wilde vergeten wie hij was, van wie de man, van wie de vader. Maar het vreemde was dat hij sinds die nacht sterker dan daarvoor de man was van, en vader. Een meeuw die krijsend zijn nest bewaakte.

Hij zette zijn handen op het tafelblad, leunde voorover om door het raam te kijken waar het geluid vandaan kwam. Hun huisje stond op een duin, temidden van andere duinen met huisjes als deze, sommige groter, nieuwer. De afstand tussen de huizen was groot genoeg, je kon niet bij elkaar naar binnen gluren, of elkaars gesprekken horen als je buiten zat.

Hij keek naar het huis dat precies tegenover het hunne lag, in een duinpan aan de andere kant van de Badweg. Als hij zich beklemd voelde, hielp het hem altijd te bedenken dat er in een ander huis, naast hem of tegenover hem, een man rondliep die dit allemaal al eens had meegemaakt, die hem begreep en hem vaderlijk zou kunnen toeknikken. Maar de groene luiken van het huis aan de overkant waren dicht, het was nog vroeg in het seizoen. De weg waarlangs ze gekomen waren lag er verlaten bij, in de berm stonden grote plassen. Nu pas, nu hij zag hoe stil het op straat was, herinnerde hij zich dat er geen auto's op het eiland werden toegelaten; alleen bussen, taxi's en de auto's van de bewoners. In de verte hoorde hij de zee ruisen. Het was zo stil dat hij het gevoel had dat zijn gedachten te horen waren, woord voor woord, alsof hij ze in iemands oor fluisterde.

Het liegen was al meteen op Schiphol begonnen. Hij was om half vijf geland en had uitgerekend dat Dana, als ze hem wilde afhalen, al om drie uur had moeten vertrekken. Omdat Floris dan nog sliep, wist hij zeker dat ze er niet zou zijn, hij zou de trein nemen. Maar ze stond er, hij zag hen al van verre, door de gele ballon die ze aan Floris' pols had gebonden. Ze zwaaide en liet Floris zwaaien en de ballon zwaaide mee. Onhandig had hij haar omhelsd, haar mond ontwijkend, en raakte daarbij verstrikt in het touwtje van de ballon. Kribbig sloeg hij hem weg, hij kon haar niet zoenen, zelfs niet heel vluchtig zoals ze dat anders in het openbaar deden. Ondanks al zijn gebaad, eindeloos tandenpoetsen, het ontbijt en de lunch en de ettelijke glazen spa die over zijn lippen gespoeld waren, was hij bang dat Dana het verraad zou proeven. Nog geen vier uur geleden had hij Helga voor het laatst gekust. Om zijn verwarring te verbergen had hij zich op Floris gestort. Zijn handen trilden, merkte hij, toen hij het blauw-wit gestreepte mutsje over zijn zoons oren trok.

Hoe was het nu met die oorontsteking afgelopen, vroeg hij, was de koorts echt helemaal weg? Ik klets me hier wel doorheen, dacht hij, als we maar eenmaal in de auto zitten, kan ik doen alsof ik op de weg moet letten, thuis kan ik in de badkamer verdwijnen, 'de reis van me afdouchen' en daarna moet ik hoognodig naar mijn werkkamer om met kantoor te bellen en morgen ben ik alles vergeten, heb ik niets meer te verbergen, ben ik weer een man zonder geheim.

Het leek wel alsof alles wat ze vroeg naar Helga verwees, alsof Helga de magneet was, waar iedere zin die Dana zei met kracht naar afboog. 'Je was nog geen uur weg of de koorts zakte al,' zei ze, terwijl ze naar de uitgang liepen, met de ballon als een groot geel uitroepteken achter hen aan. 'Volgens mij voelde hij dat wij samen weg wilden. Ik had hem best alsnog naar mijn ouders kunnen brengen, en een latere vlucht nemen.' Hij zei niet: ja, dat had je moeten doen. Hij kreeg het niet over zijn lippen. Misschien dat ze daarom maar bleef herhalen hoe jammer het was, hoe jammer nou, dat Berlijn, de eerste mogelijkheid sinds Floris' geboorte om eens een paar dagen samen weg te gaan, haar door de neus was geboord. Als ik maar eenmaal achter het stuur zit, dacht hij.

Maar het liep heel anders. Zij wilde rijden, ze stond er op. 'Je bent moe, je ziet bleek, je handen trillen.' God, zag ze dan werkelijk alles? 'Ja, ik ben moe, slecht geslapen vannacht.' 'Dat is je aan te zien. Ik rij.' Bij hoge uitzondering had ze onthouden waar ze de auto had geparkeerd en ze liep er rammelend met de sleuteltjes, rechtstreeks, zelfverzekerd, op haar gloednieuwe zwarte enkelhoge laarsjes naartoe. Vanaf de eerste vraag die ze stelde, had hij het gevoel dat hij in de val werd gelokt. Niet gelokt, hij zat er al, vastgesnoerd in de veiligheidsgordel, geen stuur in zijn handen om zich aan vast te klampen, geen zoon om zich op te storten want die zat achterin, met zijn ballon, in zijn kinderzitje, achter een tafeltje met rammelspeeltjes. Het was alsof Dana precies wist waar ze met haar vragen wilde uitkomen, alsof ze hem alleen nog even wilde zien spartelen.

'En, heb je nou nog wat van het oude Oost-Berlijn gezien?'

'Ja, wel iets.'

'Is er nog wat over van de Muur, en de buurten aan de andere kant?'

'Ja, toch wel.'

'Wat dan? Wordt het niet allemaal gerenoveerd?'

'Als je bij mensen thuis komt, zie je toch wel verschil.'

'Ben je bij mensen thuis geweest, wat leuk. Dat je daar nog tijd voor had. Ik dacht dat het zo'n overladen programma was?'

Ze keek hem oprecht nieuwsgierig aan. Vlug keek hij weg, probeerde zijn blik ergens op te richten, staarde naar de punt van haar zwarte laarsje, suède laarsjes met een leren punt die ze speciaal voor Berlijn had gekocht, herinnerde hij zich nu. Hij raakte zo overstuur bij de gedachte aan alle vragen die ze in haar onschuld nog ging stellen, en dat hij dan niet anders zou kunnen dan Helga's flat beschrijven – de enige flat die hij in Berlijn vanbinnen had gezien, Helga's flat maar zonder Helga alsof ze een lijk was waarvan hij zich had ontdaan –, dat hij volschoot. Vlug veegde hij met de rug van zijn hand langs zijn ogen, en voor ze verder kon vragen, begon hij te ratelen over de problemen van de voormalige Oost-Berlijners.

Dana zweeg.

'Toch echt heel anders als je bij mensen thuis bent, en ziet hoe weinig ze hebben. En dat ze zich daar tegenover ons voor schamen. Dat was wel verwarrend.'

'Ja, dat merk ik.' De rest van de rit zei ze niets meer, alsof zij nu degene was die iets te verbergen had.

'Boek, ja, rood boek,' hoorde hij haar een verdieping lager tegen Floris zeggen. 'Geef maar.'

'Ik heb het kinderbedje gevonden hoor,' riep hij naar beneden.

'Mooi.'

'Moet het naar dat voorkamertje, of leggen we hem hier?'

'Beneden maar.'

Hij had Floris liever boven, zodat hij niet van iedere voetstap, van ieder echtelijk kreuntje zou wakker schrikken, maar hij wilde Dana niet tegenspreken. Hij sprak haar al zes weken zo min mogelijk tegen. Hij luisterde, niet naar wat ze zei, maar naar haar toon. Ze klonk ontspannen. Waarschijnlijk had ze niets met dat 'Oost-Duits' bedoeld, behalve dat die bruine, logge bank daaraan deed denken. Veel had hij haar niet over Helga verteld, godzijdank had ze hem bijna niets gevraagd. Behalve of 'die mensen' bij wie hij thuis was geweest misschien een vrouw was? En of hij met die vrouw naar bed was geweest? Hoe ze elkaar hadden leren kennen? O, bij een van de diners tijdens het congres? Ja, die congressen zouden eigenlijk verboden moeten worden. En dansen met wildvreemde vrouwen op congressen helemaal.

Uit haar laconieke toon maakte hij op dat ze het zich kon voorstellen. Zoiets kon gebeuren als je een paar dagen alleen in den vreemde was. Omdat ze het zich kon voorstellen, kon ze het hem vergeven. Zo had ze het ook gezegd later: het had mij ook kunnen overkomen, laten we erover ophouden. Ik vergeef het je. Hij vond dat het een beetje plechtig klonk, maar ze voelde zich ook plechtig, zei ze, net als toen ze ontdekte dat ze een kind van hem wilde. Ze keek hem kalm aan, maar even later was ze opgesprongen. Hij hoorde het bad vollopen en door het geluid van stromend water heen nog iets anders. Ze huilde. Hij wachtte, maar ze hield niet meer op. Toen hij de badkamer binnenkwam, met Floris op de arm, legde ze vlug een washandje op haar gezicht omdat ze niet wilde dat hun kind haar zo zag. Tot op dat moment kon hij nog wel een licht, avontuurlijk, Don Juannerig gevoel over zijn daad van ontrouw hebben, maar dat was meteen over toen hij haar zag, naakt op dat groene lapje na, en zich herinnerde wat ze had gezegd over vergeven.

Als zij hem vergaf, wat maakte dat van hem? vroeg hij zich in de badkamer af, en nu weer. Een bedrieger was hij niet meer nu hij haar alles had opgebiecht. Dat hij haar argeloosheid had weggenomen vond hij misschien nog het ergst, erger dan het bedrog op zich. Hij kon het woord niet vinden. Zondaar was ook weer zo'n zwaar woord, zo wilde hij niet heten. Was er niet een woord dat hetzelfde betekende, maar dat niet zo ouderwets klonk, minder zompig? Hij keek naar de huisjes in de verte, zag ergens een licht aangaan, maar geen mensen door de kamers bewegen, geen man die toevallig voor het raam stond en hem toeknikte.

Floris gaf haar het boek aan, dat op een kussen op het hoekbankje lag. Hij kon al staan, maar nog niet lopen en in zijn draai naar haar toe verloor hij bijna zijn evenwicht. Ze pakte het boek met haar ene hand van hem aan, terwijl ze met haar andere zijn arm greep en om zich heen keek of ze nog ergens een scherpe punt zag. Thuis kende ze zo langzamerhand iedere plek waaraan hij zich kon stoten, snijden, optrekken of juist niet, maar hier moest ze dat nog allemaal ontdekken. Ergens wennen met een kind was helemaal niet het passieve, op je rug drijvende wennen dat je in je eentje deed, maar een soort topsport. Als Floris even uit haar blikveld was, schrok ze bij ieder geluid op en rende naar hem toe om te zien wat hij nu weer aanrichtte. Was het al te lang stil, dan zag ze voor zich hoe hij met uitgestrekte vingers naar een stopcontact toe kroop.

'Lees,' beval hij nu, en sloeg met zijn vlakke hand op het boek. *Gastenboek*, was er met zwarte inkt op de rode linnen kaft geschreven. Vanbuiten leek het een gewoon boek, hetzelfde formaat als zoveel gebonden boeken, maar vanbinnen was het witte papier beschreven met verschillende handschriften, pennen, verschillende kleuren inkt en potlood. Tussen twee lege bladzijden lag een grijs, blauw en wit veertje. Ze streek er even mee langs de wang van Floris. Hij kraaide van plezier en wilde hetzelfde bij haar doen. Ze wist dat zijn handje een soort maag was, waarin niets heel bleef en deed hem voor hoe hij het veertje moest vasthouden zonder het te beschadigen, voorzichtig tussen duim en wijsvinger. 'Aai, zachtjes.'

Ze wilde niet dat er meteen, het eerste kwartier dat ze hier waren, iets brak, vernield of geplet werd. Zeker niet zoiets teers, onnuttigs als een veertje dat iemand tijdens een wandeling gevonden had, en tussen de bladzijden van een boek gelegd. Ze bladerde door, zag dat het geen toeval was dat het veertje juist bij deze bladzij lag, de eerste onbeschreven bladzij. Een goed teken, dacht ze, het huis wil ook dat wij opnieuw beginnen.

Aan de data boven de zinnen die de gasten in het boek geschreven hadden, zag ze dat lang niet iedereen erin schreef. Soms viel er een gat van weken. Het was ook moeilijk iets te schrijven aan mensen die je niet kende, ook al had je tussen hun spullen geleefd, op hun bank gezeten, in hun bed geslapen. Op de eerste bladzij van het boek stond in het midden, in hetzelfde handschrift als het woord gastenboek op de kaft, een zinnetje geschreven: *Welkom in dit huis, ik hoop van harte dat u hier gelukkige dagen mag doorbrengen,* – daaronder een onleesbare handtekening. Degene die dit geschreven had, was niet de schrijver van de briefjes. Dana probeerde het schrift te ontcijferen en vroeg zich af of er met opzet geen leesbare naam en adres onder het welkomstwoord stonden. Je had natuurlijk altijd mensen die onmiddellijk gingen bellen en klagen over wat er allemaal niet deugde aan het huis.

'Wat lees je?' vroeg Chiel.

Ze keek op. 'Iets van het huis. Het gastenboek.'

'Zo'n boek waarin je spontaan moet opschrijven hoe heerlijk je het gehad hebt?'

'Sommige mensen zeggen alleen maar "bedankt", andere kletsen een halve bladzij vol.'

'Ik stel voor dat wij hierin bijhouden hoe vaak we het deze vakantie doen, en waar...'

Het klonk overmoedig, maar aan zijn blik zag ze hoe onzeker hij was.

Ze glimlachte. 'En in welke duinpan...'

'Dacht je daaraan toen je voor het eerst weer duinen zag?' Hij knielde voor haar neer, sloeg zijn armen om haar heen, vlijde zijn hoofd tegen haar knieën. 'Hoe het zou zijn om daar met mij te zoenen?'

'Een duinpan begin april spreekt niet zo tot mijn verbeelding.'

'Wat dan wel? Je zegt het maar.'

'Lees, hier. Sommige mensen worden heel poëtisch: *Wir möchten dieser Insel unser herzliches Kompliment machen über ihre landschaftliche Schönheit und Vielseitigkeit, so dicht beisammen ihre Einwöhner die einen so schönen Sommerurlaub möglich machten.*'

Ze keek hem breed glimlachend aan. Hoewel het hem ergerde dat ze zodra ze Duits sprak meteen zo'n tuttig smoel trok, alsof alle Duitsers reusachtig burgerlijk waren, glimlachte hij terug. 'Staat er nog meer grappigs in?'

Ze klapte het gastenboek dicht. 'Heb jij dat boek gezien, dat ik voor mijn dertigste verjaardag van mijn vader heb gekregen?'

Hij keek de kamer rond die bezaaid was met kleren, blokken en puzzelstukken van Floris. 'Heb je het net uitgepakt, ben je het nu al kwijt...'

'Niet hier, thuis. Ik ben het al weken kwijt, een dik, gebonden boek.'

'Hoe heet het?'

'*Het oneindige verhaal.*'

'Wat voor verhaal?'

'*Het oneindige verhaal.*'

Hij stond op, keek verschrikt naar de bruine bank, de rotanstoelen, naar het boekenrekje naast de kachel, alsof het boek dat ze kwijt was hier toch werkelijk zou moeten liggen.

'*Het oneindige verhaal*?'

'Ja, een vertaald boek, uit het Duits. Gebonden, drukke, donkerrode kaft, witte letters.'

'Heb jij dat voor je dertigste verjaardag gekregen?'

'Van mijn vader, ja.'

'Niet voor Kerstmis?'

'Weet je nou waar het is, of niet?'

'Bek me niet zo af, ja!'

'Ik vraag je iets heel gewoons.'

Ze vroeg hem iets heel gewoons. Hij herinnerde zich dat hij druipend uit bad gekomen was en het boek op het nachtkastje had zien liggen. Hij herinnerde zich zijn opluchting: en zo kwam alles toch nog goed. Dat kon hij mooi aan Helga cadeau doen, een dik, duur boek, iets persoonlijks, iets van hem zelf.

'Ja, weet je nou waar het is?'

Dana keek hem onderzoekend aan. Hoe moest hij zich hier uit redden? Ik heb het in het vliegtuig laten liggen. Of nee, in mijn hotelkamer. Ik vergis me, ik heb het nergens laten liggen want ik had het helemaal niet bij me. Op reis heb ik geen tijd om te lezen, dus waarom zou ik het meegenomen hebben. Hoe kom je erbij te denken dat...? Het had geen zin erover te liegen. Als ze zo keek, kon hij niet tegen haar liegen, zat hij weer in de auto, vastgesnoerd in de veiligheidsgordel, naakt, nog druipend van het baden. Waar hij ook keek, ze volgde zijn blik die naar het nachtkastje ging in een hotelkamer in Berlijn, waar het boek lag dat zij al weken kwijt was. 'Ik heb het weggegeven.' Voor ze kon vragen aan wie, liet hij er vlug op volgen: 'Aan dat meisje in Berlijn, aan die tolk. Ze sprak vloeiend Nederlands.'

'Het was van míj.'

'Dat wist ik niet.'

'Mijn naam stond erin.'

'Dat heb ik niet gezien, echt niet... alle boeken en cd's die we krijgen of kopen zijn toch van ons samen? Dat hadden we toch afgesproken? Niet dat moderne gedoe van meteen je naam erin, voor je weet maar nooit.'

'Ik heb mijn naam er niet in gezet,' riep ze met overslaande stem. 'Die stond er al in. "Voor Dana, mijn dochter, die mij mijn eerste kleinzoon schonk, voor haar dertigste verjaardag."'

Hij wierp een waarschuwende blik op Floris, die weer een huillip trok. Kon ze zich om hem niet een beetje beheersen, haar stem dempen? Hij griste Floris bij haar weg en beende met hem door de kamer, wees naar een grote zilvermeeuw die in het helmgras voor het raam heen en weer kuierde. 'Kijk! Meeuw!' Naar een groepje ruiters die de Badweg opreden richting strand. 'Wil Floris ook paardrijden, op papa's rug? Of op zijn buik door het luik?' Toen hij niet meer wist hoe hij zijn zoon moest afleiden, zette hij hem maar voor de televisie, die het niet deed, op welke knoppen Chiel ook drukte.

'Zet dat kind dan ook niet midden op de dag voor een tv die het niet doet. En kijk uit, hij wil die asbak.'

'Hij huilt niet omdat de tv het niet doet, maar omdat jij zo schreeuwt.'

'O, nou is het allemaal mijn schuld?'

'Ik wist het niet, ik wist niet dat dat boek van jou was,' zei hij een paar keer achter elkaar. Als hij gezien had dat het boek van haar was, haar naam erin had zien staan, had hij natuurlijk nooit, van zijn levensdagen niet... maar hij had haast. Hij herinnerde zich hoe hij druipend in zijn hotelkamer stond en zijn handen naar het boek wilde uitstrekken om te zien of het nog in goede staat was en zonder ezelsoren, maar dat hij zichzelf tegenhield omdat zijn handen nat waren. Hij herinnerde zich dat hij dacht: dadelijk werp ik er wel een blik in, maar later had hij nog meer haast en was hij het vergeten.

'Zal ik het terugvragen?'

'Ik dacht dat je haar adres niet had?'

'Dat heb ik ook niet.'

'Heb je daarover ook al tegen me gelogen?'

'Wat nou gelogen? Ik heb je toch meteen verteld dat ik met iemand anders...'

'Ja, toen ik ernaar vroeg.'

'Dat was meteen.'

Na zijn bekentenis had hij haar gevraagd hoe ze het wist, zo snel, voor hij amper iets had verteld. Zijn toon had hem verraden, zei ze, zijn geëmotioneerde relaas in de auto over die kale flat in Oost-Berlijn had haar achterdocht gewekt. 'Ik ben ook wel eens op een armoedig flatje geweest, maar ik moest er niet om huilen. Zoveel compassie heb ik niet. En jij ook niet.'

Hij keek naar het gastenboek dat nog steeds op Dana's schoot lag, en herinnerde zich hoe blij Helga met zijn gebaar was geweest. Had ze het boek toen maar opengeslagen, niet in het midden, maar bij de eerste pagina waar Dana's vader zijn opdracht had geschreven. 'Voor Dana, wie is Dana?' zou Helga met een strak glimlachje gevraagd hebben. Pijnlijk, maar altijd nog minder erg dan deze beschamende toestand.

'Zodra ik op kantoor ben, bel ik naar het congresgebouw.'

Ze reageerde niet.

'Zij was daar tolk, ze moeten haar adres hebben.'

'Slim! Heb je dat allemaal bedacht voor het geval je haar toch nog eens wilt terugzien?'

'Dat wil ik niet. Ik heb je toch beloofd...'

'Wil je het niet omdat je het niet wilt, of alleen omdat je het me beloofd hebt? Hoe heet ze trouwens?'

'Ik dacht dat je dat niet wilde weten?'

'Zij weet nu ook hoe ik heet.'

Waarom begreep hij niet, maar hij wilde Helga's naam voor zichzelf houden, en dus zei hij dat ze Heidi heette. 'Heidi.'

'Heidi? Ben ik bedrogen met een Heidi?'

'Heidi, zo heet ze ja, maar ik ben met jou. Ik wil met jou blijven, en ik zorg ervoor...'

'Bespaar je de moeite, ik hoef dat boek niet terug.'

'Dan koop ik een ander voor je. Ik bedoel: een ander exemplaar van hetzelfde oneindige verhaal...'

Na zijn aanbod was er een ijzige stilte gevallen. En toen pas merkte Dana dat ze Floris al een tijdje niet meer gehoord had. Hij stond in een hoek van de kamer, bij de eettafel onder het doorgeefluik en liep paars aan, hij zag eruit alsof hij een dennenappel had ingeslikt. Om ons te straffen, dacht Dana toen ze op hem afschoot, maar al voor ze bij hem was, rook ze dat hij alleen maar bezig was het in zijn broek te doen. Ze hadden nog maar een luier, het was al half vijf en morgen was het zondag. Van het ene moment op het andere waren er dringender zaken.

Terwijl Chiel Floris verschoonde, en Dana alle dennenappels op de schouw boven de kachel legde, bedachten ze wat er behalve luiers gekocht moest worden: koffie en thee was er – een pak Brinta voor Floris, stopcontactbeveiligers, fruit, spaghetti – en wat zouden ze morgen eten? Ernstig overlegden ze hoeveel brood ze voor het weekend nodig hadden, en wat voor saus ze over de pasta zouden doen.

'Rode saus vind jij toch het lekkerst?' vroeg Chiel, 'zal ik gehakt kopen en een blik gepelde tomaten, uien, knoflook?'

'Beslis jij maar,' antwoordde Dana, 'kijk maar wat er is.'

De toon waarop ze het zei, stelde hem gerust. Alsof ze, door hem deze beslissing toe te vertrouwen, te kennen wilde geven dat ze hem niet zou blijven wantrouwen, niet altijd.

'Morgen kunnen we ook uit eten gaan. Er moet een goed visrestaurant zijn, vlak bij de haven.'

'Als je maar aan sla denkt.'

Hij was zo opgelucht dat ze niet langer tegen hem tekeerging dat hij bijna uitriep dat het geen sla-en-wortelvakantie moest worden, dat hij haar mooi vond zoals ze was. Hij hield zich in, wist dat het te snel was, dat ze zulk gevlei niet op prijs zou stellen, niet nu, nog niet. Dus legde hij zijn verzoeningsdrift in de boodschappenlijst, in lange vingers voor Floris, in chocola, in kaaskoekjes en een fles rode port, in de buit waarmee hij straks naar huis zou terugkeren.

Terwijl Chiel naar het dorp liep om een fiets te huren en boodschappen te doen, pakte Dana de tassen uit. Ze maakte eerst Floris' bed op, in het aquariumkamertje, want als zijn ogen zo glommen kon hij ieder moment in slaap vallen. Maar hij viel al in slaap voor ze klaar was, op de vloer, tussen de bruine kussens die hij van de bank had getrokken, de punt van de slaaplap in zijn mond.

Ze liep hun eigen slaapkamer in, liet de deur open zodat het er warmer zou worden, en begon hun bed op te maken. Het viel niet mee, want het bed stond met de linkerkant tegen de muur, onder het raam. Ze moest over het matras heen kruipen om het hoeslaken er bij de hoeken overheen te trekken.

Het gebeurde voor ze er erg in had, alsof het in haar voer, een grote onvrede. Niet alleen van dat boek was zijn schuld, maar van alles wat er misging was Chiel de oorzaak. Ze verweet hem dat hij een huis had gehuurd waarvan de grootste slaapkamer zo klein was dat het bed in een hoek was gezet. Hoe moest dat vanavond, of vannacht als ze eruit moest om Floris te sussen? Degene die onder het raam sliep, kon er uitsluitend via het voeteneind uit, of door over de ander heen te stappen. En waarom hadden ze hun eigen lakens meegesleept als je ze ook kon huren? Dat stond in de gids. Wie weet maakten ze dan ook de bedden voor je op. Allemaal zuinigheid, dezelfde zuinigheid waarmee hij een boek van haar had weggegeven in plaats van iets voor Heidi te kopen. Heidi, wat een naam. Iets voor een meisje met een schortje en pofmouwtjes. Had ze dat witte schortje in bed ook aangehouden? Hoe kon hij op iemand vallen die zo heette. O, Heidi, *mein Schätzlein.*

Met een ruk trok ze het hoeslaken strak. We hadden elkaar beloofd: nooit, niemand anders dan jij. En tot overmaat van ramp geef je haar een boek dat van mij was. Ik word nooit meer dertig. Ik krijg nooit meer een boek waarin mijn vader zoiets liefs schrijft. Misschien ligt zij er nu wel in te lezen, terwijl ze aan jou denkt, *Schätzlein, Schätzlein...*

Ze strekte zich op het bed uit. Ze was doodmoe, meer nog door haar rellerige gedachten dan door het gekruip over het bed. Ze staarde naar het plafond van lichtgeel geschilderde zachtboard, zag een vochtplek recht boven haar. Je kon er een land in zien met rivieren, maar ook een gezicht.

'Help me,' hoorde ze zichzelf mompelen, ze wist niet tegen wie ze het zei, maar ze zei het, hardop: 'Help me, help me.'

Ze bleef liggen en luisterde naar het ruisen van de branding. Ik heb hem die vrouw vergeven. Of niet? Wat doet dat boek er dan nog toe? Laat dat kleinzielige gezeur in mijn hoofd ophouden. Zo ben ik niet. Ze bleef liggen en luisterde, net zolang tot haar hoofd schoon was, leeggeblazen, tot ze niets anders meer hoorde dan het ruisen in de verte. Ze luisterde tot het was alsof zij zelf zo ruiste, alsof ze een aangespoelde schelp was, of de zee.

De rest van de week liet Chiel Dana uitslapen, haalde Floris uit bed, gaf hem zijn pap, en ging met hem naar het dorp om vers brood te halen. Als ze dan terugkwamen, had Dana de ontbijttafel gedekt, de radio aangezet en rook het huis naar koffie. Het eiland was te klein om te verdwalen en hen voor al te veel keuzes te plaatsen. Er was maar één dorp, met een kerk, een begraafplaats, een museum. Ze hoefden niet veel meer dan langs het wad fietsen en het witte paard zijn dagelijkse suikerklontjes voeren; of met Floris schommelen op de speelwei van Het Posthuis. Iedere dag staken ze het duin over om de zee te zien, wat langs het strand te lopen en schelpen te verzamelen, die ze afspoelden in dezelfde rode teil waarin ze Floris baadden. De mooiste schelpen legden ze op de schouw boven de kachel, bij de dennenappels. Hun 'eilandmuseum' noemden ze het.

Op een dag zette Dana er nog een katapultvormige tak bij, die ze op het strand had gevonden, een tak waar je ook het gewei van een hert in kon zien. Ze nam hem niet mee vanwege de vorm, maar vooral om de kleur, en hoe het hout aanvoelde als ze er met haar vingers langs streek. Zand en zout hadden de katapult of de hertenkop helemaal uitgeloogd, schoongeschuurd. Hij was lichtgrijs, bijna wit geworden en glad, er zat geen scherp haakje, wratje of splinter meer aan.

Na een paar dagen hadden ze het gevoel dat ze hier al weken waren. Ook door die vrouw, steeds dezelfde vrouw die iedere avond om dezelfde tijd langsreed en nieuwsgierig naar binnen keek. Wanneer ze een van hen zag, knikte ze vriendelijk. De koningin, noemde Dana haar, omdat ze zo statig recht op haar zwarte damesfiets zat, een handtas aan het stuur, of misschien omdat ze haar ook alleen maar uit de verte zagen.

Over Heidi werd met geen woord meer gesproken. Maar de eerste de beste keer dat Dana een boekwinkel binnenliep, dook ze toch weer op. Wat doe ik hier? dacht Dana. Sta ik een boek voor mezelf uit te zoeken, omdat het boek dat ik had willen lezen door mijn man is weggegeven, afscheidscadeautje aan een vrouw met wie hij zonodig naar bed moest. Toen ze het nieuwe boek dat ze voor zichzelf had gekocht 's avonds opensloeg, zag ze Chiel schuw wegkijken. Maar hij vroeg niet: 'Wat lees je?' En juist doordat hij het niet vroeg, dacht Dana weer aan *Het oneindige verhaal* dat nu op een flat in Berlijn lag, op een nachtkastje of onder een vreemd kussen.

Ze dacht aan Heidi toen ze op een middag met Floris en een tas boodschappen terugkwam uit het dorp en Chiel nergens zag, hoewel zijn jas aan de kapstok hing. Pas na twee keer roepen gaf hij antwoord. Hij zat boven, in het lichtblauwe kamertje onder het dak op een wit geschilderde Thonetstoel achter een wit tafeltje, waar niets op lag, geen krant of iets om op te schrijven. Hij zat daar maar, uit het raam te turen, naar de huizen aan de overkant en ze vroeg zich af waar hij aan dacht, aan wie, of hij Heidi miste. Kon dat, kon je iemand na één nacht al missen? Toen ze vroeg waarom hij hier zat, in dit kleine lichtblauwe hokje, zei hij: 'Omdat het hier zo stil is.' Beneden toch ook? Nee, hier was het stiller.

Toen ze hem op een avond in een visrestaurant langs haar heen naar een vrouw zag staren, vroeg ze zich af of die hem soms aan Heidi deed denken. Ze had het nooit vervelend gevonden dat hij naar andere vrouwen keek. Opmerkte hoe ze lachten, zich bewogen, kleedden. Integendeel, hij keek tenminste, was ook nooit opgehouden naar haar te kijken en te zien dat ze er goed uitzag of juist niet, maar nu maakte het haar onrustig. Ze aarzelde of ze zou vragen hoe Heidi eruitzag, maar ze hield zich in. Ze was bang dat hij zou zeggen: tenger, jongensachtig, wat zij zelf niet was en nooit meer zou worden ook. Of dat hij zou zeggen: ze had een vracht krullend haar, ja dat was het opvallendst aan Heidi, dat haar... En dat zij, zonder te weten waarom, haar korte haar weer zou laten groeien, permanenten, verven, net als toen ze achttien was en steeds iemand anders wilde zijn.

'Wat kijk je ernstig?' vroeg Chiel toen hun blikken elkaar kruisten. Ze gaf geen antwoord. Iedere vraag leidde maar tot meer Heidi in haar hoofd. Ze had al spijt dat ze naar haar naam gevraagd had. 'Een meisje uit Oost-Berlijn' was veel vager en makkelijker te negeren. Ze boog zich over de placemat voor haar op tafel. Alle drie hadden ze zo'n zelfde placemat voor zich liggen, waarop een luchtfoto van het eiland was afgedrukt. 'Ik bedacht dat het eiland net een walvis is, zie je? Hier de kop, daar bij die zandplaat de staart, in een bocht...' Met de punt van haar mes wees ze aan waar ze vanmiddag gewandeld hadden.

Iedere keer wanneer hij zich al te zeer uitsloofde, te complimenteus was, te onderdanig, dacht ze aan Heidi. Ze waren altijd gewend hun wensen direct aan elkaar kenbaar te maken, maar hij leidde ieder verzoek tegenwoordig zo omslachtig in: of ze het goed vond dat, of het haar uitkwam als... In het begin had ze het zich laten aanleunen, uit gemakzucht want hij deed meer dan ooit in huis en met Floris. Als Floris 's nachts wakker werd, kroop Chiel over haar heen om hem wat te drinken te geven. Misschien was het onvermijdelijk, had hij dit nodig, was het allemaal een soort boetedoening, moest hij op zijn knieën een berg op. Maar zo langzamerhand begon zijn nederigheid haar te irriteren. Ze wilde deze macht niet. De macht om hem terug te sturen naar het dorp omdat hij iets vergeten was, iets onnozels, waar ze heel goed zonder konden.

'Hou op met die *Wiedergutmachung,*' riep ze op een ochtend uit.

Hij keek haar verbouwereerd aan, maar ze had geen spijt, behalve dat ze in haar woede een Duits woord had gebruikt. Alsof haar hoofd gevuld was met louter Duitse woorden, Duitse vrouwennamen. Haar uitbarsting klaarde de lucht even, en daarna kon ze hem nog eens zeggen dat hij niets meer goed hoefde te maken. Dat het wel goed kwam, ooit. Dat de tijd de rest moest doen, de tijd, de wind en het zout.

II

De zon was net onder, de horizon lichtroze als een gestifte mond op het eind van de avond. Ze kende haar nieuwe liefde pas negen weken en liet haar lippen nog niet vaal worden. Wanneer ze met Bas samen was, maar ook als ze alleen was stiftte ze ze ieder uur bij, in de dichtstbijzijnde spiegel, in een mes, of op haar gevoel. Had hij hier nu maar gestaan, en met een arm om haar heen naar de zonsondergang gekeken. Dat was het plan. Zo had ze het zich voorgesteld. Ze zouden naar Duinroos teruglopen, de halve fles port leegdrinken die er nog stond, en de gordijnen dichttrekken. Terwijl hij de bruine kussens van de bank trok, haar zwarte kimono erover uitspreidde en de kachel hoger zette, zou zij vast haar kleren uittrekken. Maar hij zat in Osaka. Martine aarzelde of ze nog wat op het strand zou blijven, de andere kant uitlopen, richting Posthuis. Het maakte niet uit. Op het strand was het grijs en kil nu de zon onder was, maar thuis wachtte Sanne. Ze huiverde, niet alleen van kou, maar om hoe ze hier stond, zo besluiteloos. Ze kon niet tegen schemering, niet tegen geweifel. Daarom had ze ook meteen besloten – te snel misschien – om haar plan door te zetten en toch naar Vlieland te gaan.

Toen Bas niet kon, had ze Jetta uitgenodigd, de moeder van Sanne, en ook maar een laptop meegenomen zodat ze nog wat kon werken aan een nieuwe opzet voor haar proefschrift. Voor een man die je pas negen weken kende, moest je niet al je plannen omgooien, daarmee gaf je hem verkeerde tekens. Ze had nog tijd genoeg gehad om zich opnieuw, anders te verheugen. Niet op hand in hand langs het strand, maar op gesprekken met Jetta over vroeger, over school en de tijd daarna toen ze samen op kamers woonden. Wat zou er van iedereen geworden zijn? Elke keer wanneer ze langer dan een paar uur samen waren, riep Martine dat ze eens een reünie zou organiseren, maar het kwam er nooit van. Die ene, hoe heette ze, met dat grote, bleke gezicht, die het had klaargespeeld om tijdens het eindexamenfeest zwanger te raken, was vast al oma.

Ze keerde zich van de zee af en liep in de richting van de duinen, waarachter de weg was met het huis dat ze voor elf dagen had gehuurd. Als ze het niet uithield met Sanne kon ze altijd eerder terug. Ze zou iets mompelen over problemen op het werk, dringende bespreking waar ze niet gemist kon worden. Moeizaam liep ze door het rulle zand, op de te grote kaplaarzen die ze van Sanne had geleend. Sanne was twee koppen groter dan zij, maar als Jetta zich zorgen over haar maakte, heette ze weer Santje. Daarom was Santje hier, omdat moeder Jetta zich zorgen maakte. 'Het kind ziet zo bleek de laatste tijd, en praat amper tegen me. Misschien is het niets, maar als jij geen bezwaar hebt, vraag ik haar mee, dan kan ik haar een beetje in de gaten houden.'

In de stilte die op het verzoek volgde, voelde Martine een oude wrok opkomen. Een ruim twintig jaar oude wrok tegen vriendinnen die afspraken op het laatste moment konden veranderen, te laat komen, of helemaal niet – vanwege de kinderen. In de weekends viel er sowieso niet tot een afspraak te komen want dan moesten haar vriendinnen en hun mannen een elftal coachen, een wedstrijd fluiten, met het elftal poffertjes eten, halen, brengen, of alles tegelijk. Door de week was ook een probleem want dan moesten de kinderen overhoord worden of in ieder geval achter hun vodden gezeten anders voerden ze niets uit. Martine had gehoopt dat er, nu Jetta's kinderen op kamers woonden, iets zou veranderen. Dat hun levens weer meer op elkaar zouden gaan lijken. 'Ik mag Sanne graag,' had ze gezegd, 'maar met zijn drieën is toch anders. Ik verheugde me juist zo op een week met jou samen.'

Omdat ze toen zo eerlijk tegen de moeder was geweest, zat ze nu met de dochter opgescheept. Ze had nog niet neergelegd of ze begon zich al schuldig te voelen, beschaamd over wie ze in Jetta's ogen was: een verwende vrijgezel, een egoïst. Jetta was haar oudste vriendin, maar ook oude vriendinnen konden uit je leven verdwijnen. Straks hield ze alleen nog maar vrienden over die geen gezin hadden, een bos dorre takken. Als ze Jetta's gezelschap wilde moest ze de volwassen dochter, met wie het tijdelijk niet zo goed ging, maar op de koop toe nemen.

Toen Jetta de dag voor hun vertrek afbelde omdat haar man minstens drie weken het bed moest houden wegens een hernia, zei Martine: 'Laat Sanne dan toch met mij meegaan, een week zeelucht zal haar goed doen.' Ze zette zich over haar teleurstelling heen. Op de boot begon ze zelfs al aan het idee te wennen, zich op weer een ander soort vakantie in te stellen, op de taak die haar wachtte: wie weet lukte het haar vertrouwen te winnen. Terwijl ze naar Sanne keek, die over de reling hing en al vanaf Harlingen zonder iets te zeggen in de golven staarde, terwijl ze naar die zwijgzame gekromde rug keek dacht ze: ik krijg er wel uit wat er met haar aan de hand is. Misschien heeft ze een grote maar getrouwde liefde, waarover ze met haar moeder niet kan praten. Sannes moeder is al sinds mensenheugenis met Sannes vader, wat weten die twee van onmogelijke liefdes, maar tegen mij durft Sanne er misschien wel over te beginnen. Ze verheugde zich al op de gesprekken die ze met Sanne zou voeren. Met jonge vrouwen ging het tenminste niet meteen over kinderen.

Op het hoogste punt van het duin keek ze nog eens om. Aan de horizon voer een schip, een passagiersschip zo te zien, met verlichte patrijspoorten zo klein als speldenknoppen. Door die lichtjes voelde ze een verlangen om ver weg te zijn, aan de horizon, met dat schip mee te varen. Wie weet ging het wel naar Osaka. Nee, eenmaal op het schip zou ze er alleen maar af willen, en verlangend staren naar de lichtjes van de havens die ze voorbijvoeren. Zij kon zich niet overgeven aan een plan dat ze niet zelf had gemaakt, aan een koers die een ander voor haar bepaalde.

Tot nu toe had Sanne geen stom woord gezegd. 'Welke kamer wil jij, Sanne?' Maakt me niet uit. 'Wil je thee of koffie?' Maakt me niet uit. 'Wat zullen we vanavond eten?' Maakt me niet uit. Er was genoeg te doen, er moesten koffers en rugzakken worden uitgepakt, bedden opgemaakt, fietsen gehuurd, een boodschappenlijst gemaakt, maar het eerste uur in Duinroos zat Sanne met haar jas aan op het bankje bij het raam. Ze was alleen even opgestaan om een parasolletje van de schouw te pakken, een papieren peuterding, dat ze minutenlang tussen duim en wijsvinger heen en weer draaide, geabsorbeerd, alsof ze in die draaikolk van rozerode patronen de toekomst kon zien.

Martine stampte het zand van haar laarzen, keek even op toen een oudere vrouw haar vriendelijk groette. Ze knikte terug en merkte dat de vrouw haar vragend aankeek, alsof ze haar herkende en om een praatje verlegen zat.

'Fris windje, hè?'

'Ja.' Martine wendde haar blik af, ze was niet in de stemming voor praatjes met vreemden. De vrouw stond er nog maar net met haar fiets aan de hand, toen ze zich alweer omdraaide, opstapte en de Badweg afreed. Alsof ze alleen maar was komen controleren of de zee er nog was. Martine keek haar na. Kenden ze elkaar? Van de boot misschien? Aan de bruine winterjas te oordelen, en de handtas die aan haar stuur bungelde, was het geen toerist, maar eilanders waren doorgaans niet zo spraakzaam.

Aan het eind van de Badweg, tegen de zwarte kim van dennen, lag Duinroos, het huis met het oranje pannendak, op het hoogste punt van de achterste rij duinen. Er brandde nergens licht, de ramen leken nog donkerder in hun witte omlijsting. Lag Sanne nog te slapen, of alweer? Was ze weer aan het bellen, in de telefooncel op het kruispunt bij de bosrand? Of had ze het briefje gevonden, waarop stond dat ze nog een pak rijst moest kopen in het dorp en was ze in een café blijven hangen? Ze hadden pas om drie uur geluncht en afgesproken laat te eten. Ik moet geduld met haar hebben, dacht Martine, de verstandigste zijn. Niet boos worden als ze vergeten is een pak rijst te kopen wat ze zeker vergeten is, haar hoofd staat niet naar rijst. Ik hoef haar niet op te voeden, ze is tenslotte mijn dochter niet, en als ik het echt niet uithoud met haar ga ik weg.

Sanne zette het gastenboek naast zich in de vensterbank. Ze wachtte even tot een vrouw die beneden op de weg voorbijfietste en toevallig haar kant op keek de bocht om was, trok haar trui omhoog, het T-shirt uit haar broek en streek met een veertje dat ze tussen de bladzijden van het gastenboek gevonden had langs haar buik. Een veertje was het, nog niet eens, dat daarbinnen. Het woog misschien een paar gram, en had nog niet de lengte van dit veertje, een erwt zo groot was het misschien, een macaroniboogje. Toch nam het nu al weken, al vanaf de dag dat ze niet was gaan bloeden, haar gedachten in beslag. Het was alsof haar hoofd gevuld was met veren. Niet alsof ze een kater had, niet bedrukt vaag, maar licht voelde ze zich, dromerig.

Veertje, zo moest ze het voorlopig maar noemen, want elke andere benaming was al zo echt, zo reëel met geschaafde knieën en Cito-toetsen, en ze wist niet of ze het wel iets echts zou laten worden. Deze week wilde ze daarover nadenken. Hoewel denken haar ook niet bijster goed afging sinds veertje, maar nog altijd beter dan thuis waar ze haar moeders priemende blik op zich gericht voelde, ook als haar moeder helemaal niet in de buurt was. Ze hoefde niet over veertje te beginnen om te weten wat Jetta zou zeggen: dat ze te jong was, nog niet afgestudeerd, de vader van het kind nog geen drie maanden kende.

Sanne kende de argumenten, die ook haar eigen argumenten waren, en zwaarder wogen dan veertje. Ze was pas twintig, had nog een heel leven voor zich. Alles pleitte ertegen om dit veertje te houden – dat wist ze zelf ook – behalve het veertje zelf. Wanneer ze het in gedachten nakeek, zag ze zichzelf op de fiets, met veertje voorop, of samen in het park door een grote hoop bladeren waden, ze hoorde het ruisen en wist niet meer wat ze moest willen. Waarom níet nu?

In de verte kwam Martine aanlopen. Dat het Martine moest zijn, zag Sanne aan het bruine leren jack met de bontkraag, en de felgekleurde haarband in de rode krullen. Geverfde krullen, had Sanne vanochtend ontdekt, door een paar grijze schaamharen in het afvoerputje van de douche. Maar Martine liep vandaag niet als zichzelf, niet rechtop met kordate passen. Ze sjokte een beetje, als een oud mensje. Vreemd, want ze was heel sportief. Iedere ochtend rende ze langs het strand en ze had twee tennisrackets meegebracht en meteen de eerste dag een spel gekocht, met een soort pingpongbats en klevende ballen, dat je ook met windkracht acht op het strand kon spelen. Ze zat zeker in de rats over die man in Osaka. Die had haar toch maar laten zitten met dit huis al gehuurd voor anderhalve week. Jetta had bezorgd haar wenkbrauwen gefronst toen ze hoorde dat hij had afgezegd. 'Ocharm, ocharm,' had ze uitgeroepen.

'Waarom heeft ze zelf geen kinderen?' had Sanne gevraagd toen ze hoorde dat Martine had voorgesteld dat zij meeging.

'Waarom vraag je dat?'

'Ze zou best een leuke moeder zijn. Kan ze geen kinderen krijgen, of heeft ze ze nooit gewild?'

Haar moeder had terughoudend gereageerd en iets gemompeld over de verkeerde mannen op het juiste moment, en de juiste mannen op het verkeerde moment.

Als Martine geen kinderen kon krijgen was het pijnlijk om over veertje te beginnen. Als ze ze wel kon krijgen, maar nooit gewild had, was het ook zinloos. Dan zou ze er toch niets van snappen. Nee, ze kon maar beter haar mond houden. En een goede reden verzinnen waarom ze niet zo spraakzaam was, moeilijkheden met een vriend of zo.

Martine trok haar leren jack uit, knipte het ganglicht aan en begon haar lippen bij te stiften. Dat was het enige dat haar nu kon opvrolijken, rode lippen en een borrel. Met grote passen ging ze door het huis om nog meer lichten aan te knippen. Ze vond het onaangenaam in een halfdonker huis terug te keren, want dan was het net alsof je alleen woonde. Meestal woonde ze ook alleen, alweer tien jaar nu, maar ze zorgde er altijd voor dat er licht brandde als ze thuiskwam. In de kamer trof ze Sanne aan, liggend op het hoekbankje bij het raam. Waarschijnlijk had ze weer geslapen, haar Nijntje T-shirt hing uit haar zwarte broek en haar trui was schuin opgekropen, tot ver boven Nijntjes voeten.

'Heb je hard gestudeerd de laatste tijd dat je zoveel slaapt?' vroeg ze.

Sanne ontweek haar blik en mompelde iets, waarvan Martine dacht dat ze het verkeerd verstond, maar dat bleek niet het geval, ze had het over 'een overdosis'. Martine verschoot van kleur en staarde Sanne aan: ze had haar problemen onderschat. Wat moest ze nu doen, wie raadplegen? Welke vragen stellen? Terwijl ze een halfvolle beker koude koffie van Sanne in het doorgeefluik zette, voelde ze zich zwaar worden, van ernst, ernstig en gelukkig tegelijkertijd door de verantwoordelijkheid die ze in haar schoot geworpen kreeg. Daarom was het kind zo sloom, dat Jetta daar niet aan had gedacht.

'Wat... wat zei je? Wat voor overdosis, wat voor dosis van wat?'

Voor het eerst schoot Sanne in de lach. 'Rustig maar, ik spuit niet. Als ik een weekend thuiskom, moet ik ook altijd een dag slapen. Al die frisse lucht, dat ben ik niet meer gewend.'

Martine zuchtte opgelucht. Ook. Thuis. Ze moest die woorden maar als een blijk van vertrouwen opvatten. In ieder geval voelde Sanne zich zo op haar gemak dat ze zich helemaal kon laten gaan. Als ze uitgerust was zou ze misschien ook vrijuit met haar durven praten. Ze plukte Sannes jack van een stoelleuning, griste een wijd uitgespreide krant van de bank. Terwijl ze de katernen op volgorde legde, de krant opvouwde, de dikke kussens van de bank rechtzette, dacht ze aan Bas, die hier had moeten zijn om de gordijnen te sluiten, de kachel hoger te zetten.

Hoe zou het zijn om op een krant te vrijen? Zat je dan na afloop onder de drukinkt? Waarschijnlijk wel, je billen vooral, je heupen, alsof je minutieus getatoeëerd was. Lang geleden had ze eens een Japanse film gezien over een vrouw die een ingewikkelde tatoeage op haar rug liet aanbrengen. Om zich te ontspannen moest ze boven op een naakte man liggen en haast zonder te bewegen de liefde met hem bedrijven. Hierdoor gloeide haar huid op, werd het weefsel zo zacht dat de tatoeëerder zijn werk kon doen. Verder herinnerde ze zich niet veel van de film, alleen de witte huid van de vrouw op de witte huid van de man, het zweet als dauw, de zwarte inkt en soms een druppel bloed.

Of ze thee wilde, hoorde ze Sanne vragen. Martine keek verrast op. Het was de eerste keer in drie dagen dat Sanne haar iets aanbood.

'Thee... ja, maar er staat nog een fles port. Ik heb eraan geroken, er zit geen arsenicum in. Neem jij ook een glas?'

'Nee, ik wil thee, maar als jij port wilt. Waar staat die fles?'

'Doe ook maar thee dan. Ik drink niet in mijn eentje. Dat heb ik mezelf ooit verboden. Te gevaarlijk.'

Sanne knikte maar liep meteen door naar de keuken. Zo weinig nieuwsgierig was ze, nooit vroeg ze iets, nooit vroeg ze eens door, alsof ze helemaal niet benieuwd naar je was. Net, toen ze de krant stond op te vouwen, had ze Sanne willen vragen of zij het wel eens op een krant had gedaan, in de stille hoop dat zo'n vraag tot een gesprek zou leiden – vrouwen onder elkaar over hun afwezige mannen – zo'n soort gesprek. Maar ze hoorde het Sanne al zeggen: op een krant of op een laken, maakt mij niet uit.

Toen zij Sannes leeftijd had probeerde ze alles uit, soms met mannen die ze nog maar net kende. En ze kleedde zich altijd alsof ze op de volgende straathoek haar grote liefde kon ontmoeten. Ook toen ze van een studiebeurs leefde kocht ze vaak van haar laatste geld in de uitverkoop die ene jas waar ze niet zonder dacht te kunnen, of een paar nieuwe pumps. Sanne had een mooi regelmatig gezicht, haar moeders hoge jukbeenderen, en haar vaders leigrijze ogen. Maar waarom kleedde ze zich altijd alsof ze zojuist uit bed kwam? Wilde ze misschien helemaal geen man tegenkomen? Was dat het? Was dat wat ze begon te ontdekken, wat haar verwarde, wat ze niet zeggen kon? Was ze daarom zo slonzig, van binnen en van buiten?

Sanne leunde diep over het aanrecht en waste een bord af. Op het fornuis stond een ketel, vol, voelde Martine, maar het gas brandde niet. Ze pakte het doosje lucifers en rammelde ermee.

'O, ja...' Met een verstrooide blik draaide Sanne zich om, en zette haar beide handen in de kom van haar rug.

'Pijn in je rug? Moet je ongesteld worden?'

'Belachelijk laag dit aanrecht.'

'Voor jou wel.' Martine gooide de afgestreken lucifer in het blikje naast het fornuis, nam de afwaskwast uit Sannes hand en gaf haar in plaats daarvan een droogdoek. De afwas was een goed moment voor een gesprek, wist ze van toen haar moeder nog geen afwasmachine had. 'Vroeger waren de mensen veel kleiner. Jij bent ook weer een stuk langer dan je moeder, en dan ik. Jammer eigenlijk, ik heb zoveel kleren die ik nooit meer draag.'

'Dus mijn kinderen worden ook weer groter?'

'Waarschijnlijk. Hangt van de vader af.' Val jij eigenlijk wel op mannen? had ze willen vragen, maar ze vroeg: 'Wil jij dan kinderen?'

'Hoezo?'

'Omdat je het zo stellig zei: mijn kinderen...'

'Misschien. Ooit.'

'Herinner jij je nog dat je een keer met mij een verjaardagscadeautje mocht uitzoeken? Voor je vijfde verjaardag, geloof ik. We gingen de stad in, winkel in winkel uit, tot we eindelijk dat rode tasje vonden dat jij al maanden in je hoofd had. Daarna gingen we wat drinken op een terras, het was prachtig weer, een van de laatste zomerdagen, het hele terras zat vol. En jij kwekte honderduit. Ik zag de mensen denken: wat een enig kind. Wat een stralende moeder. En toen zei jij ineens heel hard: en nu wil ik naar huis, naar mama... Terwijl iedereen dacht... Luister je?'

Sanne knikte afwezig, en legde de droogdoek op het aanrecht. 'Heb jij nog ergens een telefoonkaart?'

'Heb ik je vanochtend al gegeven.'

'O, ja...' Sanne wilde de keuken uitlopen.

'Ga je nu bellen? Alweer? Zullen we dit niet even afmaken?'

'Straks. Goed?'

Martine boog zich demonstratief over de gootsteen en begon met driftige gebaren een beker af te wassen. 'Doe je ouders de groeten. Wens je vader sterkte.'

'Die ga ik niet bellen.'

'Wie dan?'

'Iemand.'

Ze smeet de afwaskwast op het aanrecht. 'Je vlucht midden in een gesprek het huis uit. Met míjn telefoonkaart. Mag ik dan niet weten wie je zo dringend moet spreken?'

'Een vriendin.'

Martine hernam zich en deed haar best welwillend te kijken, een en al oor te zijn. 'Wat voor soort vriendin?'

'Gewoon, een vriendin. Iemand met wie ik goed kan praten.'

'Waarom praat je niet met mij? We zijn al drie dagen samen.' Martine beet op haar lip. Ze had zich voorgenomen weg te gaan als Sanne zo ontoeschietelijk bleef, maar nu Sanne haar ontweek en de deur uitliep, had ze de neiging zich aan haar vast te klampen. Ze kon het niet hebben dat Sanne haar in de steek liet om met iemand anders te praten. Ze boog zich voorover naar de kraan en nam een slok water. Niets laten merken. Ze rechtte haar rug en vroeg: 'Had je nog rijst gekocht?'

'Nee.' Sanne kwam de keuken binnen, met haar jas al aan, telefoonkaart tussen de lippen.

'En wat moeten wij dan eten vanavond?'

'Macaroni.'

'Hadden ze geen rijst?' Martine hoorde het verwijt in haar stem. Wat bezielde haar? Zelfs moeders zeurden niet zo. Het kind had tenminste aan het avondeten gedacht. Macaroni was beter dan niets.

'Ik stond naar de macaroni te kijken en dacht: wat een grappige vorm. En voor ik het wist stond ik ermee bij de kassa.'

Kip met rijst was een betere combinatie dan kip met macaroni. De kip die zij in haar hoofd had – kip met rozijnen, abrikozen, aubergine, en amandelen –, was zoetzuur en glibberig en macaroni glibberde ook, dat zou een glibberig prakje worden, maar ze besloot haar kritiek voor zich te houden. 'Waar is dat pak, ik zie het nergens.'

'Mag ik dat straks bedenken, na het bellen?'

'Nee, ik heb van alles gedaan, gewandeld, het hele eiland over gefietst, ik heb honger. Denk eens na.'

'Geen idee.'

'Wat deed je toen je terugkwam uit het dorp? Zit het nog onder je snelbinders?'

Sanne bleek zich plotseling te herinneren waar ze het pak macaroni had gelaten, en rende de trap op. Al na een paar treden hoorde Martine dat ze haar pas vertraagde. Tot in de keuken hoorde ze haar ademhaling. Het was een steile trap, maar zo steil nou ook weer niet. Morgenochtend moest ze Sanne maar eens overhalen om mee langs het strand te rennen, iedere dag een stukje verder, iedere dag een wat straffer tempo. Als dat slome lichaam maar eerst in vorm kwam, volgde de rest vanzelf.

Martine was juist bezig een pan met water op het vuur te zetten, toen ze gestommel hoorde, een kreet, gebonk van iemand die vijf, zes treden naar beneden viel. Daarna een vreemd getik, op de treden en op de vloer, alsof het plotseling begon te hagelen in de gang.

Overal om haar heen, naast haar, achter haar, lag macaroni. Het pak was opengegaan, zij zou ook openscheuren, vast en zeker, en veertje verliezen. Voor ze wist wat ze ermee wilde, was ze het alweer kwijt. Ze sloeg haar handen voor haar ogen om een huilbui tegen te houden en niet te hoeven reageren op de vragen, het bezorgde gezicht niet te zien dat steeds dichterbij kwam. Van die aandacht moest ze alleen maar harder huilen.

Ze voelde een arm om haar heen, vingers die voorzichtig haar voeten, enkels, benen betastten. Of ze alles nog wel kon bewegen, hoorde ze Martine vragen. Ja, haar ledematen deden het nog, maar veertje? Zou het nu vanzelf met een golf bloed wegspoelen? Deed dat pijn? Ging het vanzelf, of was het toch beter ermee naar een dokter te gaan?

Ze voelde met haar rechterhand tussen haar benen, maar het kruis van haar broek was droog. Misschien was het nog niet zover, moest de schok daarbinnen nog doordringen. Ze bleef zo stil mogelijk zitten om te voelen of de krampen al begonnen, het samentrekken, het ebben en vloeden. Maar ze voelde alleen maar pijn in haar stuitje, en hoe ze steeds stijver werd in haar rug, tot haar nek aan toe.

'Ga eens staan. Geef mij maar een arm, dan forceer je niets.'

Aarzelend liet Sanne zich overeind helpen. Zou het door de zwaartekracht sneller naar beneden stromen, als zand door een zandloper? Ze merkte dat ze naar de vloer staarde alsof ze verwachtte het daar, tussen haar voeten, te zien liggen. Ze hield zich stevig vast aan Martines arm, want haar linkerenkel deed pijn. Onzeker liep ze een paar passen de kamer in, bij iedere stap kon ze gaan bloeden, rood-zwarte klonters, een soort zware menstruatie zou het wel zijn.

'Gaat het?' vroeg Martine, 'je kijkt zo angstig.'

Midden in de kamer bleef Sanne staan. Kon ze toch niet beter op de bank gaan liggen? Zou ze daar een miskraam mee voorkomen?

'Wat voel je toch steeds in je kruis? Heb je in je broek geplast? Maar dat geeft toch niet,' zei Martine monter, 'dan was ik hem toch voor je uit.'

Sanne gaf geen antwoord, maakte zich los en liep de gang in.

Martine keek haar na: ze trok licht met haar linkerbeen, maar had niets gebroken of gescheurd zo te zien, het had slechter kunnen aflopen. Ze hoorde de wc-deur open- en dichtgaan, het klikken van een slot. Waar was dat voor nodig als je met twee vrouwen in één huis woonde? Waar schaamde ze zich voor? Ze luisterde of ze Sanne hoorde overgeven. Als ze een hersenschudding had opgelopen en een paar dagen moest liggen, zouden ze van kamer ruilen. Dan kreeg Sanne de grootste kamer, met het brede bed. Als de gele gordijnen te veel licht doorlieten, zou ze er een deken overheen hangen. Martine betrapte zich erop dat ze zich er al op begon te verheugen. Ze vond het nooit vervelend als iemand ziek was, dan was het duidelijk wat je te doen stond, wat je taak was.

'Neem anders een douche,' zei ze door de dichte wc-deur. 'Je mag die grote handdoek van mij wel gebruiken. En wil je iets om je na het douchen mee in te smeren?'

Sanne gaf geen antwoord, de wc werd doorgetrokken, daarna bleef het een hele tijd stil. Martine haalde een stoffer en blik uit de keuken en begon de macaroni, die op de onderste treden van de trap en door de gang verspreid lag, op te vegen.

Vijf weken zwanger nu. Of niet langer zwanger. Misschien niet meer, na die smak. Martine liet tot zich doordringen wat Sanne haar had verteld. En wat zij antwoorden zou, dadelijk, de komende uren, dagen, zo kalm mogelijk. Ze moest dit tactvol aanpakken. Ze zaten tegenover elkaar. Sanne op de bank – in de kimono die ze had gekocht toen ze Bas pas kende – met een deken over zich heen, zij in een rotanstoel, aan de andere kant van de lage tafel. Ze waren net klaar met eten, 'bordje op schoot' want Sanne had te veel pijn aan haar stuitje om op een rechte stoel te zitten.

'Ik zou er maar niet zo zeker van zijn dat je het kwijtraakt.'

'Niet?' vroeg Sanne en ze glimlachte.

Was het van verbazing, teleurstelling, of van opluchting? Martine probeerde de glimlach te duiden. 'Als je eens wist waar vrouwen vroeger al niet van afsprongen om een kind kwijt te raken.'

'En dan bleef het toch zitten? Helemaal intact?' vroeg Sanne gespannen. 'Niet raar verfrummeld of zo?'

'Je deed het toch niet expres?'

Sanne keek haar met grote ogen aan.

'Ik wou al zeggen... Er zijn betere oplossingen. Minder gevaarlijk ook. Je moet er alleen niet te lang mee wachten.'

Ze had onmiddellijk spijt, want voor het eerst in al die dagen leek Sanne haar een vraag te gaan stellen, een vraag die voortkwam uit oprechte nieuwsgierigheid, een vraag die zij niet wilde beantwoorden, nu niet en later niet.

'Wanneer ben je bij de dokter geweest?'

'Ik ben nog niet bij de dokter geweest.'

'Dan vergis je je misschien. Iedereen is wel eens over tijd.'

'Ik nooit. Ik voel me ook anders, heel... vaag. En mijn borsten zijn net twee grote blauwe plekken. Net als in de boekjes.'

Martine herinnerde zich dat zij indertijd ook vanaf het eerste moment volkomen zeker was geweest, geen dokter nodig had gehad om te bevestigen wat ze toch al wist. Maar ze knikte terughoudend, alsof dit kennis was die zij alleen maar van horen zeggen had, uit de boekjes.

'Ik neem aan dat je inmiddels wel besloten hebt wat je doet?'

'Wat ik doe?'

'Wat je doet als je het niet vanzelf kwijtraakt?'

Sanne keek haar aan en haalde haar schouders op alsof ze weer ging zeggen: maakt me niet uit. Maar ze zei niets, tilde de deken op, stak haar hand tussen de overslag van de kimono, legde hem beschermend op haar buik. Martine wilde doorvragen, maar hield zich in. Als zij al te dwingend was, zou Sanne zich vastklampen aan het idee dat ze het kind moest houden. Een idee, dat was het, nog geen kind. Ze staarde naar de hand, die de kimono deed opbollen. Een kind kon je het nog niet noemen, dat wat daar zat, in die buik, onder de hand. Een kind was het alleen als je ook geloofde dat het dat zou worden.

Ze stond op om de tafel af te ruimen. Toen ze in Sannes buurt kwam om een leeg glas van de leuning van de bank te pakken, rook ze de citroengeur van haar eigen bodylotion. Sanne rook vertrouwd, zag er vertrouwd uit in haar kimono, maar was verder weg dan ooit. Had ze dan helemaal geen plan met haar leven? Had ze nooit bedacht dat een baby niet altijd maar hummelig bleef, maar een heel leven moest leiden, veertig moest worden, vijftig en waarschijnlijk nog veel ouder? En de vader? Ze kende die jongen maar een paar weken langer dan zij en Bas elkaar kenden.

Bas was al vader, Bas had een volwassen dochter uit zijn eerste huwelijk en wilde geen kinderen meer, had hij haar meteen de tweede of derde keer toen ze met elkaar sliepen gezegd. Voor alle duidelijkheid wilde hij dat zij dat wist, 'voor je je misschien illusies gaat maken. Als je een kind wilt, kan ik niet met je blijven omgaan.' En zij had geknikt, ze menstrueerde nog wel, maar ze was toch al drieënveertig. Ze had geknikt dat een kind ook voor haar niet meer aan de orde was, een gepasseerd station. Ze waren blij dat ze het ook over dit onderwerp eens waren, dat hier geen twijfel over bestond. Bas was al vijftig, Bas had al een kind, Bas wilde beslist geen kinderen meer.

'En de vader?'

'Sjoerd?' Sanne glimlachte toen ze zijn naam uitsprak.

'Weet Sjoerd het al?'

'Ik vind dat ik eerst zelf moet weten wat ik wil.'

'Het is ook van hem. Hij hoort het te weten.'

'Hij komt het ook te weten. Maar niet nu. Zou jij het meteen...? Stel jij krijgt een kind van hoe heet-ie, van onze man in Osaka.'

'Ik ben te oud.'

'Drieënveertig, dat kan nog net.'

'Het kan niet meer.'

'Het kan nog best, maar goed... stel vroeger. Toen ik dat rode tasje van je kreeg, was jij...?'

'Vijftien jaar geleden was ik achtentwintig, maar toen was ik met Koen. Koen wilde geen kinderen.'

'En jij wel?'

'Ik wel ja.'

'Was bij hem weggegaan.'

'Dat heb ik ook gedaan. Vijf jaar later.'

'En daarna?'

'Het is er gewoon nooit van gekomen.'

'De verkeerde mannen op het juiste moment, en de juiste mannen op het verkeerde moment?'

Martine schoot in de lach. Toen zij – vrijwel tegelijk met Jetta – zwanger raakte, kon ze het de vader niet vertellen. Ze kende hem nauwelijks, had hem op een vergadering in Lille ontmoet. Ze hadden geen adressen uitgewisseld, maar als zij gewild had, had ze hem natuurlijk kunnen vinden. Met een vaag excuus had de afgevaardigde uit les Pays-Bas de afgevaardigde uit la Suisse kunnen opsporen, schrijven, bellen. Het was haar eerste serieuze baan na haar studie, en ze was net even niet aan de pil omdat haar hoofd toch niet naar mannen stond, dacht ze.

Ze wist niet veel van Vincent af behalve dat hij getrouwd was, al een kind had. Later was het geen moment in haar opgekomen hem te laten weten dat ze een kind van hem verwachtte. Het kon niet. Hij had geen zielige verhalen opgehangen over zijn vrouw die hem niet begreep, en ze had geen enkele reden om aan te nemen dat hij bij haar weg zou gaan als hij van de gevolgen van zijn ontrouw hoorde. Het kon niet. Om hem niet, om de nieuwe baan niet, om de kansen die haar nu geboden waren en die niet nog eens kwamen, kon het niet. Niet nu.

Sanne was opgestaan en naar het zijraam gelopen. 'Hoor je het ruisen, de zee, in de verte?'

'Ik weet dat daar de zee is, maar ik hoor niks.'

'Echt niet?'

'Misschien doordat de kachel ook ruist.'

'De zee ruist al de hele dag zo... zoals bladeren ruisen als je erdoor loopt.'

'Dat is toch meer ritselen?'

'Niet als het heel veel bladeren zijn.'

Martine werd onrustig van Sannes gestaar in het duister en liep naar de keuken.

'Soms lijkt het zo simpel,' hoorde ze Sanne in de kamer zeggen.

Ze stak haar hoofd door het luik. 'Lijkt wat simpel?'

'Ik krijg het gewoon.'

Martine gaf geen antwoord, knikte alleen dat ze het had verstaan. Zachtjes deed ze het luik naar de kamer dicht en liep naar de gootsteen, klampte zich aan de rand van het aanrecht vast omdat ze zich duizelig voelde. De lijnen van de zwart-wit betegelde gootsteen vervaagden, als in een prent van Escher. Vlug zette ze de kraan open en gooide een paar plenzen koud water in haar gezicht.

Nadat ze een ketel water had opgezet, strekte Sanne zich uit op de bank. Het was een ouderwets onding met houten armleuningen. Om languit te kunnen liggen, moest je een van de rugkussens tegen de armleuning zetten. Op haar kamer in Utrecht was nog wel plaats voor een slaapbank, dan kon de baby in het zijkamertje slapen, waar nu haar bed stond. Anderhalve kamer was niet veel, maar tegen de tijd dat het kind ging lopen, hadden ze misschien wel een groter huis gevonden. Met Sjoerd samen, misschien. Met hoeveel maanden ging een kind ook alweer lopen? Misschien, misschien, hoorde ze Martine al mompelen, zoals ze tijdens de afwas ook voortdurend had gemompeld. Martine vond dat ze toch 'ten minste' een huis zo groot als deze benedenverdieping moest hebben. Een woonkamer, twee slaapkamers, een keuken en een douche – 'ten minste'. Martine vond dat zij een kind nog niets te bieden had. Dat de omstandigheden te onzeker waren. Dat dit geen goed begin was voor een mensenleven.

Sanne hoorde de wc-deur open- en dichtgaan, het klikken van het slot. Even later sloeg de geiser aan en begon het water in de douche te stromen. Op haar kamer in Utrecht had ze geen douche. Ze moest maar een plastic babybadje kopen, of zo'n rode teil als hier onder het aanrecht stond, daar kon ze dan meteen de was in doen. Ze zou geen luiers nemen, want waar moesten die drogen? Ze had niet eens een balkon. Maar die Pamperdingen waren vast heel duur.

Toen haar ouders haar kregen, hadden ze ook niet veel. Niet genoeg ruimte, niet genoeg geld. Nooit in paniek raken over wat er niet is, maar hopen dat het er zal komen, vertrouwen – had Jetta haar geleerd. *'All shall be well.'* Toch was ze er niet zeker van dat haar moeder nu ook zo laconiek zou reageren. Maar als haar ouders zich door al te grote bezorgdheid hadden laten leiden, had zij nooit bestaan. Dan hadden ze dat verhinderd. Als haar moeder haar had laten weghalen, had ze hier nu niet liggen luisteren naar het ruisen van de zee, steeds dichterbij. Het was harder gaan waaien, hoorde ze.

Ze hoorde nog iets anders, een geluid dat ze niet meteen kon thuisbrengen. Alsof er ergens een hond jankte, nee, het was dichterbij, in huis. Kookte het water dat ze had opgezet nu al? Was het de geiser, of gierde de wind langs een losgewaaide dakpan? Kwam het soms van boven, dat geluid, uit de afgesloten kamer met het bordje PRIVÉ? De schroeven in het bordje waren verroest en uitgelopen, alsof ze al jaren huilden. Was er ooit iets gebeurd in die kamer, zat hij daarom op slot? Had iemand zich daar opgehangen, een eenzame weduwnaar, of een vrouw nadat haar kindje was gestorven? Misschien stond zijn speelgoed er nog, was de kamer een soort privémuseum van de eigenaars, was het ingeklapte kinderbed op de overloop van hun kind geweest.

Als haar zoiets zou overkomen zou ze alles – matras, lakens, dekens – van haar dode kind op de bakfiets van Sjoerd laden, naar de rand van de stad ermee, en de fik erin. In gedachten keek ze in de rook, die als een zwarte ladder naar de hemel reikte. Soms dwarrelde er een flinter verkoold laken, kapok uit het matras, of een veertje de lucht in. Een zwart veertje... ze keek het na tot haar ogen begonnen te prikken. De zure brandlucht drong haar neusgaten binnen, maakte haar somber, alsof ze vanbinnen ook helemaal zwart werd, geblakerd. Ze sloot haar ogen, probeerde aan iets anders te denken. Ze bloedde nog niet, ze had nog geen rood-zwarte klonters in de wc-pot zien drijven. Het zat er nog, het leefde misschien nog wel, nee niet misschien, het leefde.

Ze wist niet hoe lang ze daar gelegen had, op haar zij met haar armen over elkaar stijf tegen haar buik gedrukt, toen ze Martine op slippers de kamer hoorde binnenkomen. Ze zette de theepot op de kachel en begon met een handdoek haar haar droog te wrijven. Sanne zag dat ze vanuit haar ooghoeken onafgebroken naar haar keek.

'Wat is er? Wat kijk je?'

'Heb je buikpijn?'

'Nee.'

'Omdat je zo ligt?'

'Wat zie jij in die gordijnen?' vroeg Sanne en ze kwam overeind.

'Wat bedoel je?'

'In die patronen in de gordijnen?'

'Orchideeën.'

'Verder niks?'

'Van die enge bloemen die je direct in de vuilnisbak moet gooien als je ze van een man krijgt.'

'Ik zie het toch heel duidelijk: het grote hoofd, het oog... Daar, zie je? Het opgekrulde lichaam, het handje met de duim in de mond?'

Martine zette de theepot van de kachel op de tafel, ging tegenover haar zitten, maar keek haar niet aan.

'Ik zie het overal. In een schelp op het strand, in een mossel, in het etiket op een blikje tuinbonen.'

Martine verschoof de bekers op tafel, verschoof de suikerpot, het potje zoetjes, begon een reep chocola in stukken te verdelen, kletterde met lepeltjes, schraapte haar keel, maar zei nog altijd niets.

'Het zit niet alleen in mijn buik, maar ook in mijn hoofd. Het wil er niet uit. Hoe moet ik iets dat ik niet eens kan wegdenken, laten weghalen?'

Martine boog zich over de tafel, zo ver dat ze bijna knielde. 'Maar een kind moet toch gewenst zijn,' zei ze. 'De omstandigheden zo gunstig mogelijk. Ik was gewenst, zeer gewenst, het eerste meisje na twee zoons, het kon niet beter, maar ik weet soms al niet hoe het moet.'

'Wat niet?'

'Leven. Tevreden zijn met wat ik heb, met mijn werk, mijn vrienden, mijn huis, Bas.'

'Ik heb een rotsmak gemaakt. Als het blijft zitten, zal het toch wel de bedoeling zijn.'

'De bedoeling?' riep Martine en sprong op. 'Hoezo de bedoeling?'

'De bedoeling dat ik het krijg. Daar kan ik dan toch niet tegenin gaan.'

Martine liet zich weer in haar stoel vallen, rukte de handdoek van haar hoofd en leunde achterover. Het rotan kraakte. Haar ogen waren niet rood, maar toch zag ze er behuild uit, vond Sanne. Alsof haar hele lichaam onder de douche had staan huilen. De rode krullen gaven haar iets brutaals, maar met nat haar zag ze er frêle uit, net een vogeltje. Ze boog zich naar de tafel over en schonk een beker thee voor Martine in, schoof hem naar haar toe, en ook de zoetjes, en de chocola, maar bleef het gevoel houden dat ze tekortschoot.

Hoewel het woord abortus nu al vier weken door haar hoofd doolde, durfde ze het in Martines bijzijn niet uit te spreken. Het leek wel een spookwoord, ontsnapt uit de afgesloten kamer boven. Al die tijd toen Martine onder de douche stond, had ze erover nagedacht hoe ze het ter sprake zou brengen zonder het woord te noemen.

'Hoe lang geleden was jij zwanger?'

Martine leek niet verbaasd.

'Heel lang geleden.'

'Een zoon of een dochter?'

'Dat heb ik niet gevraagd.'

'Was je daar niet benieuwd naar?'

'Als je het niet wilt houden, kun je dat maar beter niet weten. Leek me. Een meisje, een jongen, dan heeft het toch al bijna een naam?'

Er viel een stilte. Sanne keek naar Martine, maar die roerde in haar kopje alsof ze over de rand van een put hing.

'Een dochter,' zei Sanne vlug. 'Vast. Mij wilde je ook altijd aankleden. Misschien waren we wel bevriend geraakt.'

Martine keek op, grijnsde breed. 'Ja, ga mij een beetje verwijten dat ik jouw beste vriendin heb laten weghalen.'

'Het had gekund, toch?'

'Alles had gekund.'

Sanne stond op omdat ze niet wist hoe ze die andere vraag moest stellen, zonder dat het al te wreed klonk. Ze liep naar de schouw en pakte het papieren parasolletje op, draaide het heen en weer tussen duim en wijsvinger.

Martine knikte ernaar. 'Weet je nog dat wij altijd samen grote ijzen gingen eten na het winkelen?'

'Jetta vond dat je me verwende. Herinner jij je die ruzie?'

'Welke ruzie?'

'Op kerstavond nog wel. Ik had een grote doek van jou als een soort rok om me heen gewikkeld, een rozerode doek, met gouddraad. Weet je nog? Ik had hem nog om, toen mama zei dat we naar huis moesten, ze rammelde al met de autosleutels. Van jou mocht ik die doek houden, maar van mama niet. Beslist niet. Ik kreeg de knoop er niet uit en toen begon mama aan die doek te rukken en ze riep dat je ons altijd veel te dure cadeaus gaf. Waarom deed ze zo?'

'Ze had in dat hele feestje al niet zo'n zin. Ze deed het voor mij. Ik zat net weer even zonder man, ik had al mijn vrienden uitgenodigd. Op zo'n manier dat niemand durfde weigeren.'

'Als ze eigenlijk geen zin had, had ze niet moeten komen.'

'Zij had voor jou ook een shawl gekocht. Die lag al ingepakt onder de kerstboom. Maar die shawl was veel minder zwaar, minder mooi, minder duur dan die ik je wilde geven.'

'Ik had nooit het gevoel dat je ons met die cadeaus probeerde te kopen of zo...'

'Weet ik.' Martine glimlachte.

'Wat doen ze ermee?'

'Waarmee?'

'Met het kind. Als ze het hebben weggehaald?'

'Voor mij was het nog geen kind.'

'Gooien ze het gewoon weg? Verbranden ze het?'

'Dat heb ik toch allemaal niet gevraagd. Hoe meer je weet, hoe meer beelden, hoe meer herinneringen, hoe moeilijker het wordt later. En dat hóéft niet.'

Sanne knikte hoewel ze het niet helemaal begreep. Zij zou het willen zien, mee naar huis nemen misschien zelfs, het in een doek wikkelen en ergens begraven, met Sjoerd samen.

'En de vader? Wat vond hij ervan?'

'Hij was getrouwd. Echt een man om mee te trouwen, als hij al niet getrouwd was.'

'Heb je het hem nooit verteld, of geschreven?'

'En als zijn vrouw die brief gevonden had?'

'Misschien had hij wel voor jou gekozen.'

'Je bent een grote egoïst, Sanne. En dat wil moeder worden.'

'Door zo'n grote verandering verander je vanzelf. Dat kan toch niet anders?' Ze zweeg, want terwijl ze het zei, voelde ze zich alweer zekerder worden, rustiger. Was de verandering al begonnen?

'Ik heb geen spijt,' hoorde ze Martine zeggen. 'Op dat moment, onder die omstandigheden, kon ik geen andere beslissing nemen.'

Ze ging er niet op in. De stem die zei dat als je wist wat je deed en waarom, je achteraf geen spijt zou krijgen, leek uit een andere kamer te komen, of nog verder weg. Alsof het de stem van een mevrouw op de radio was, een zender uit een ander land, met veel ruis.

Sanne droomde dat ze van de trap viel, met het pak macaroni, het scheurde open, het begon te tikken, boven haar, overal om haar heen alsof er niet alleen een pak maar een heel huis met macaroni was opengescheurd. Ze werd wakker doordat ze de trap hoorde kraken, het tikken ging gewoon door, maar daarbij hoorde ze nu ook voetstappen. De deur van haar kamer ging open, Martine liep langs haar voeteneind naar het raam en sloot het zachtjes. Sanne hield haar ogen dicht, aarzelde, maar omdat ze het onaardig vond te blijven doen alsof ze sliep zei ze slaperig: 'Dank je wel.'

Martine kwam op de rand van haar bed zitten.

'Ben je nog gaan bloeden?'

'Nee.'

'Ik hoorde je een halfuur geleden naar de wc gaan, ik dacht...'

'Ik moest plassen.'

Martine knikte, Sanne kon haar gezicht niet zien, niet de blik in haar ogen. Er viel niet veel licht van het peertje op de gang naar binnen, en dat beetje licht viel op de rode krullen. De krullen knikten. Ze verfde ze vast regelmatig, want zelfs bij de kruin was het niet grijs.

'Ik begrijp dat je een kind wilt,' hoorde ze Martine in het donker zeggen, 'misschien is er wel niemand die dat zo goed begrijpt als ik, maar je hebt nog alle tijd. Maak dan tenminste eerst je studie af.'

Sanne zocht Martines hand, legde de hare erop. 'Dat doe ik ook, heus. Ik doe er alleen wat langer over. Baby's slapen toch heel veel?'

Martines hand trok samen, balde zich tot een vuist. Sanne voelde de knokkels koud worden, alsof ze een brok steen in haar hand hield.

'Maar niet als jij net voor een tentamen zit. Dan slapen ze juist niet.'

Sanne wist niet wat ze moest antwoorden. Ze had het gevoel dat ze met ieder argument om het kind te houden, iets van Martine afnam, afknaagde. Ze luisterde naar het tikken op het dak. Ze hield van geluiden in het donker, daar luisterde ze liever naar dan naar wat Martine haar zwijgend probeerde duidelijk te maken. In het donker kropen de geluiden in je hoofd, als de muizen in de versleten laars uit een kinderboek dat haar moeder haar altijd voorlas. Vroeger, voor ze een computer had, typte Jetta al haar brieven op een oude Olivetti. Als ze in bed lag hoorde ze het getik, en uit het ritme probeerde ze dan op te maken wat voor brief haar moeder schreef, een grappige brief of een op hoge poten. Wanneer er de hele week 's avonds getik klonk, was het bijna Sinterklaas.

Martine trok haar hand terug, stond op, boog zich over haar heen, trok laken en dekens recht. Zonder iets te zeggen liep ze naar de deur. Met de klink al in haar hand zei ze: 'Wees maar niet bang, ik zal me er verder niet mee bemoeien.' Toen verdween ze de gang in, de trap af, op haar slippers. Sanne luisterde naar de geluiden beneden, volgde het geslof van de slippers, hoorde hoe lichten werden uit- of aangeknipt, geplens van water in de keuken. Er ging een deur open, een ijzeren hangertje viel op de vloer. Voor ze zich kon afvragen wat Martine toch aan het doen was, midden in de nacht, was ze weer in slaap gevallen.

De maan brak ternauwernood door het wolkendek heen, en verlichtte de Badweg zwakjes. Maar al had ze geen hand voor ogen gezien, dan nog was ze het huis uit gevlucht. Ze wilde niet weer wakker liggen, liggen luisteren of ze de trap hoorde kraken, de wc-deur open- en dichtgaan. Ze wilde niet hopen op het geluid van wegspoelend water, wensen dat het vruchtje, visje, of hoe Sanne het ook noemde, via het riool terugzwom naar zee. Ze kon niet tegengaan dat ze dacht: het mag niet, niet blijven zitten. Het is niet eerlijk, een kind met een kind. Jetta heeft kinderen, iedereen heeft kinderen, debielen krijgen kinderen die hun afgenomen worden, waarop ze weer nieuwe kinderen krijgen. Iedereen krijgt maar kinderen, maar ik kan het een huis geven met een tuin met een boom met takken zo dik dat er makkelijk een schommel aan kan hangen, een boomhut kan ook, alles wat ik in me heb kan ik het geven, ik heb een kind veel meer te bieden. Sanne kan nog niets, weet nog niets, nog niet eens wat ze worden wil, ja moeder misschien. Nog geen kopje ruimt ze achter d'r kont op, vergeet dat de winkels om zes uur sluiten en soms niet eens opengaan, weet het verschil niet tussen rijst en macaroni, 'maakt me niet uit', praat slordig, denkt slordig, leeft slordig. Was de pil een paar keer vergeten, 'ja, stom hè', weet nog niet of ze al met Sjoerd wil samenwonen, trouwen?, 'misschien wel misschien niet', een vat vol twijfels en tegenstrijdigheden – en dat moet een kind krijgen!

Ze voelde de regen in haar gezicht slaan, maar zette haar capuchon niet op. Het kon haar niet schelen hoe nat ze werd en hoe koud, ze vond het niet onprettig dat haar lichaam even kil werd als haar gedachten. Toen ze zich over Sanne boog om haar toe te dekken, had ze zich moeten beheersen haar niet door elkaar te schudden, de domme gedachten uit dat vage hoofd te schudden, het kind eruit te schudden. Kind, belachelijk woord. Als je het zo noemde, vroeg je om moeilijkheden, kon je de knoop nooit doorhakken.

Voor ze het wist stond ze op het strand, zo snel had ze gelopen. Als ze in beweging bleef, hield de stroom gedachten vanzelf op. Voetstappen tellen, of iets anders. Adem in, adem uit, een, twee, tot ze leeg was, schoon, strak als het strand nu was bij eb. Ze wilde dit niet, deze woede niet, het missen niet van iets dat ze nooit had gezien, nog geen zes weken bij zich had gedragen. Geen spijt, spijt voelde je over dingen die je *anders* had kunnen doen. Zij kon toen niet anders, zoals ze toen was, had ze geen andere beslissing kunnen nemen. Dat wist ze zeker, dat had ze van voor naar achter doorgedacht, indertijd, maar ook later wanneer iemand vroeg: waarom heb jij geen kinderen? Aan haar antwoord, aan haar stem hoorde ze dat het geen ondoordachte beslissing was geweest, een stem loog nooit.

Als ze de beslissing in haar hoofd terugdraaide, zou ze veel meer moeten terugdraaien. Wie ze twintig jaar geleden was, wat ze toen met haar leven wilde, werken, reizen. Wie ze door haar werk en de mannen in haar leven geworden was. Wie ze nu was – ook die vrouw zou ze moeten veranderen, omdenken. Tot iemand die waarschijnlijk niet woonde zoals zij nu woonde, die waarschijnlijk nooit bij toeval Bas had ontmoet, in de rij bij de bakker op zaterdagochtend.

Ze stond stil en keek op. In de verte zag ze de lichten van het booreiland. Blijkbaar was ze linksaf geslagen. Daar was de steile duinovergang al. Ze wandelde nooit zonder een plan te maken, maar dit keer had ze niet op de kaart gekeken, niet bedacht waar ze wilde uitkomen. Zolang ze maar liep, zo ver mogelijk weg van het huis waar Sanne nu lag te slapen, met haar handen over haar buik gevouwen, alsof ze lag te bidden dat het kind maar mocht blijven zitten.

Een jongen of een meisje? had Sanne gevraagd. Ze had gewoon iets moeten antwoorden. Om er vanaf te zijn. Nu was het blijven hangen, een stilte die zich vulde met voorstellingen. Een jongen. Jongens konden tenminste niet zwanger raken, een zoon. Een moeder had ze kunnen zijn langs de rand van het voetbalveld, op de bank bij judo, in het gras bij honkbal. Een moeder alleen, met een zoon. Geen uitzondering, zoveel vrouwen voedden een kind alleen op, mannen konden ook weglopen, doodgaan.

Een grasveld, een strak gladgemaaid grasveld met allemaal witte kruizen, zoals in Normandië waar de soldaten lagen... Waarom dacht ze daar nu aan? Zoons hoefden in ons land niet meer in dienst, ze hoefde niet bang te zijn dat hij op een slagveld zou sneuvelen. Weer zag ze het voor zich: een groen grasveld maar dan met heel kleine kruizen. Waar had ze gelezen, wanneer ook weer, dat ze in Zweden of zo'n soort land een plek wilden, waar vrouwen konden denken aan hun kind. Aan het kind dat ze hadden laten weghalen.

Echt iets voor Zweden. Je kon je kind dan alsnog een naam geven, en die naam liet je op dat kleine kruis, of in een steen kerven. Maar hoe moest dat als je niet wist wat het was, wat ervan geworden zou zijn, als als, een jongen of een meisje? Hansje, Hansje zou ze op het kruis zetten, dat kon zowel voor een jongen als een meisje.

Inademen, uitademen, tellen, niet denken. Dit hoge duin opklimmen was al moeilijk genoeg zonder de herinnering aan een nacht, twintig jaar geleden. Hansje, nee niet Hansje. Er waren zoveel meisjesnamen die ook jongensnamen waren. Mischa, Chris, Nicky... Tellen, niet denken, je concentreren op je voeten. Je voeten stevig in het zand planten, niet wankelen. Als ze nu viel, zou ze voorlopig niet meer opstaan, merken hoe moe ze was, de greep verliezen over haar gedachten. Ze mocht niet vallen. Gisteren of eergisteren was ze dit duin ook al een keer overgeklommen, maar nu leek het veel steiler. Ze hijgde net zoals Sanne vlak voor ze van de trap viel. 's Nachts was alles zwaarder, ook klimmen, omdat ze niet zag waar ze heen ging, hoe ver ze nog moest.

Het was haar maar een keer overkomen en al zo lang geleden, twintig jaar minstens. Eén keer maar was ze midden in de nacht wakker geworden, bezweet, met een behuild gezicht, stram van de spierpijn, alsof ze wel tien duinen was opgeklommen. Ze was uit bed geglipt, had haar badjas aangetrokken, een kop chocola voor zichzelf gemaakt. Ze begreep niet waarom ze zich zo voelde, zo zwaar en looiig. Omdat ze er na een halfuur nog niet achter was, probeerde ze na te gaan wat er gebeurd was die week. Ze had er zelfs haar agenda bij gepakt. Ze had haar hersens afgepijnigd, maar kon niet bedenken welke onherstelbare fout ze gemaakt had op haar werk, ze had niets belangrijks vergeten, niemand hoeven ontslaan of veel te lang laten wachten, en alle klaagbrieven beantwoord.

Was het dan misschien om iets dat haar te wachten stond? Ze bladerde door haar agenda, van voor naar achter en was vanzelf bij een datum uitgekomen. Een aangestreept uur, een adres van een kliniek in een andere stad. Ze hoefde niet lang te rekenen om erachter te komen dat als, áls ze het kind had laten komen, het die dag geboren had zullen worden. Onzinnig natuurlijk, kinderen kwamen te vroeg of te laat, maar zelden op de dag dat ze uitgerekend waren. Alleen in je hoofd baarde je ze precies op tijd, op de dag af. Ze had haar agenda dichtgeklapt en weer in haar tas gestopt, het kopje in de gootsteen gezet, er water in laten lopen, zodat de chocoladeresten er vast uit konden weken. Twintig jaar had ze er niet meer aan gedacht, en nu wilde het alsnog een naam hebben?

Boven op het duin ging ze zitten. Het was opgehouden met regenen, maar het zand was nat. Het kon haar niets schelen, ze liet zich zakken, was te uitgeput om nog een stap te verzetten, ze had geen zin nog langer haar best te doen er niet aan te denken. Ze keek uit over de zee, naar het melkwitte maanlicht dat als een lijkwade op het water lag, en groef met haar vingers door het zand, maakte er hoopjes van die ze met twee handen stevig aandrukte. Soms zei ze een woord, een naam, heel zacht. Zo zacht dat een oor haar lippen had moeten raken om te weten wat ze zei, welke naam ze had gekozen.

Ze had geen idee hoe lang ze daar had gezeten. Ze liep het duin weer af, maar nu de andere kant op, landinwaarts. Ze wilde in de luwte lopen, het geraas van de golven even niet horen, een pad volgen dat zo kalm was als zij zelf, zo kalm als het eindelijk in haar hoofd geworden was.

Ze liep rechtdoor het schelpenpad af dat helder oplichtte in de nacht, tot ze bij het bos was, waarachter een kampeerterrein lag dat Lange Paal heette. Op twee grote, door een pad en twee sloten gescheiden velden stonden een paar tenten. Het bleke geel van het tentdoek had dezelfde kleur als de maan, alsof het doek het licht vasthield.

Bij de splitsing bij het paardenweitje nam ze de kortste weg naar het wad. Lang voor ze er was hoorde ze het water al tegen de dijk aan klotsen, een zacht tevreden gesmak. Ze stak de verlaten asfaltweg over om aan de rechterkant, zo dicht mogelijk langs het water te kunnen lopen. Het was nog een flink eind, maar als ze stevig doorliep was ze misschien nog op tijd om bij de jachthaven, achter de andere schouder van het eiland, de zon te zien opkomen. Maar lang voor ze bij het dorp was, zag ze in de verte al roze flarden aan de horizon, die door de donkergrijze hemel heen braken.

Ze dacht aan de doek, de omslagdoek met gouddraad die ze ooit aan Sanne had willen geven. Hij lag nog steeds in haar kast. Ze droeg hem een enkele keer, een bijzondere doek, zei iedereen, een beetje oosters door al die verschillende kleuren roze en rood en dat dunne streepje goud. Straks als ze in Duinroos terug was, zou ze Sanne wekken en haar vertellen dat zij de doek alsnog mocht hebben. Die kon ze dan mooi om haar buik winden, om die almaar dikker wordende buik. Als steun natuurlijk, maar ook omdat een felgekleurde doek om een dikke buik prachtig stond, zelfverzekerd, trots.

Nog goed dat ik zag dat het bovenraam openstond. Een flinke storm trekt het raam van het haakje, slaat de ruit kapot. Het gordijn en de vensterbank waren kletsnat en als het houtwerk niet afgenomen wordt, zit voor je het weet de rot erin. Naast de voordeur zes lege colaflessen, een port- en een wijnfles – heb ik al in mijn fietstas gedaan. O, niet vergeten zaterdag grafiet in het slot van de voordeur te doen, dat ging wat stroef.

Het is geen goed voorbeeld, die flessen. Straks denken de volgende gasten nog dat het achterlaten van lege flessen hier de gewoonte is en tegen het eind van het seizoen staat Duinroos niet op een duin maar op een vuilnisbelt. Echt niet overdreven dat ik even binnen ben gewipt, want als de een de boel laat versloffen neemt de volgende het ook niet zo nauw. Vroeger brachten mensen die statiegeldflessen terug, tegenwoordig laten ze ze steeds vaker achter, in de keuken, onder het aanrecht weggemoffeld achter de rode teil of naast de vuilniscontainer onder aan de weg. Je kunt je daar wel kwaad om maken, maar dat is welvaart. Het statiegeld kan in het potje 'onvoorzien', voor 'kapot maar niet vervangen', of een pak kaarsen, of iets lekkers bij wijze van welkom.

Dat hoeft niet, maar er hoeft zoveel niet. Ik hoef ook helemaal niet schoon te maken of iedere avond naar zee te fietsen om gedag te zeggen. 'Dag Jelte', en dan weer naar huis... Macaroni, op de trap! Hoe komt dat daar? Dacht iemand dat de keuken boven was? Niet ongevaarlijk. De hele trap nog maar een keer nalopen, stel dat iemand zijn nek erover breekt. We hebben hier geen ziekenhuis alleen een helikopter, dat beseffen de gasten niet.

Verder alles in orde zo te zien. Een nieuwe rol in de houder en de dweil al wat stug. Het nieuwe is eraf maar dat is juist goed voor een dweil. Het bestek in de la ligt er mooi bij, net een slaapzaal. De grote messen naast de kleine messen, dan de grote vorken enzovoort... Alsof ze er een liniaal langs gelegd hebben, zo netjes. Gek, in sommige dingen zijn de mensen in een vakantiehuisje preciezer dan thuis, op het pietluttige af. Voelen ze dat iemand een oogje in het zeil houdt? Komt het door de briefjes die ik heb opgehangen? Of doordat er vlak na hun vertrek weer andere gasten komen, waardoor ze nooit kunnen zeggen: na mij de zondvloed? In al die jaren dat ik hier schoonmaak heb ik maar een keer meegemaakt dat ik tussen twee families door een halve dag heb moeten werken.

Het servies nog compleet, alleen staan de meeste borden al niet meer waar ik ze heb neergezet. Logisch, de een zet een stapel borden in een ander kastje terug dan waar het uit komt, een plank hoger of lager, de volgende past zich daaraan aan. Laat ik het maar zo laten. Je moet mensen hun vrijheid gunnen. Andere dingen veranderen nooit. Het blikje naast het fornuis wordt langzaam aan voller. Dat iedereen begrijpt dat de afgestreken lucifers daarin moeten en dat ook doet – dat heeft toch iets moois. Ja, dat geeft me hetzelfde gevoel als een natuurfilm.

Nu ik hier toch ben kan ik wel even kijken... Waar is het? Waar hebben ze het nou weer gelegd. Zo bang dat iemand het gastenboek nog eens aanziet voor een van zijn eigen boeken en het mee naar huis neemt. Ze hebben het toch weer op de boekenplank gelegd en wat een letters, net van die spuitbusletters die je een tijdje terug op de muren in Harlingen zag. En twee hele bladzijden voor één zin, die ik niet eens kan lezen. Op het vasteland zie je ook steeds meer shop zus shop zo en discount, maar dat ze er nou ook al in het gastenboek mee beginnen. Sanne, dat zal de dochter wel zijn aan die hanenpoten te oordelen. Gisteren was ze er toch nog? Ja, het was gisteren dat ik haar met haar moeder bij Zeezicht zag achter een grote ijscoupe, bagage naast de stoelen, een laatste ijsje voor ze met de boot meegingen. Even rekenen, van zaterdag tot en met dinsdag, moeder en dochter zijn elf dagen geweest, dat heb je vaak in het voorseizoen. Alleen de Slagheks blijven altijd een maand.

Gelukkig, de eerste gasten hebben wel geschreven. Dana. Toen ik haar een keer zag voor het raam, in de verte starend, kind op de arm, het hoofd een beetje schuin, vond ik haar helemaal geen Dana, eerder een Maria. Hij zat boven, in het kamertje onder het dak, ook naar buiten te staren.

Waarom weet ik niet, maar het zijn toch meestal de vrouwen die in het gastenboek schrijven, dat lijkt ook wel een natuurwet. De enige uitzondering is Herman Slaghek, die man maakt er echt iets van. Dat Dana dit geschreven heeft, zie je meteen voor je een letter gelezen heb, aan het handschrift.

Veel regen, maar toch iedere dag gewandeld, gefietst. Ook geluierd en gelezen. Gelukkig is er een boekhandel op het eiland. Onze zoon Floris (zeventien maanden) heeft ontdekt dat het doorgeefluik ook als deur dienst kan doen en bij een van zijn acties is er een mok gesneuveld. We hebben bij Houters iets gevonden dat

er aardig op leek. Verder zit er een barstje in de tuit van de grote theepot, maar dat was toch al zo? We zijn hier maar een week geweest, maar vonden allebei dat het veel langer leek.
Dag ventje met de fiets op de vaas met de bloem
ploem ploem
dag stoel naast de tafel
dag brood op de tafel
dag visserke-vis met de pijp (een gedicht dat ik op mijn veertiende uit mijn hoofd heb geleerd).
P.S. Heel vervelend. Net bij het inpakken ontdekten wij dat de slaaplap van Floris kwijt is. Het is een gescheurde blauw-grijs geruite theedoek, en hij is er erg aan gehecht. Wil degeen die hem vindt, hem a.u.b. opsturen naar dit adres. Bij voorbaat dank. Dana, Chiel en Floris.

Ploem, ploem, ploem... Nou ja, het is in ieder geval iets. Aardig dat ze het even meldt van die mok. Het is net als met dansen, als er een begint volgt de rest vanzelf. Het boek weer terug waar het lag, op het bankje bij het zijraam zodat het in ieder geval opvalt.

Ik moet niet te veel verwachten. Als ze er maar iets in schrijven, al is het maar hun naam, zodat de gezichten een naam krijgen. 'Onze namen staan geschreven in de palm van Uw hand' stond ook op Jeltes rouwkaart. Dat heb ik altijd een mooie gedachte gevonden: één handpalm met miljarden namen.

De kachel op de waakvlam, die ga ik dan zaterdagochtend vroeg voor ik mijn boodschappen doe wat hoger zetten. WELKOM. Sommige eigenaars leggen een mat voor hun deur waarop WELKOM staat, maar daar zit het hem niet in. Het zit hem in andere dingen, in de kleine dingen.

III

Toen hij de sleutel in het slot stak, ging er een rilling door hem heen alsof hij een te lang opgehouden plas deed. Het was bijna zover. Het enige dat hij nog moest doen was twee brieven schrijven. Brieven waarin stond wat hij zoal gedaan had op het eiland deze eerste middag, gezien, beleefd. Hij hoefde niet eens naar het dorp om ze te posten. Bij de kruising onderaan de weg, naast de gifgroene telefooncel, had hij een brievenbus gezien. Hij zou zijn uiterste best doen een luchtige toon aan te slaan, ten minste een paar zinnen op papier te krijgen waaruit ze op zijn crematie konden citeren.

Hij wilde zijn kinderen en kleinkinderen niet opzadelen met de vraag of ze het niet hadden kunnen voorkomen. En waarom hij geen afscheid genomen had? Hoe kon hij? – juist nu, nu ze allemaal zo opgelucht waren dat hij er weer eens een week opuit ging, iets leek te willen, een doel had. Dood door verdrinking zou het lijken: een ongeoefend zwemmer, bevangen door de kou, meegesleurd door het tij. Een daad van overmoed, niet uit wanhoop begaan – juist niet. Hoe koud zou het water zijn? vroeg hij zich voor het eerst af. Zo koud als een glas whisky wanneer de ijsklonten beginnen te smelten, de hoeken ronder worden? Hij kon niet goed tegen kou, hopelijk zou zijn hart het gauw begeven.

Zonder een spoor van nieuwsgierigheid liep hij het huis in. Lang zou hij hier niet blijven, een kwestie van uren was het nog. Het eerste waar zijn oog op viel was een briefje met de aankomst- en vertrektijden van de boot dat naast de spiegel in de gang hing. Hij kwam hier om te wachten, niet om te wennen, een perron was het, meer niet. Pas toen hij zijn koffer neerzette, besefte hij dat hij die hier niet kon laten staan. Hij moest weer eens kiezen, een kamer, zich installeren, want dat was wat een mens gewoonlijk deed wanneer hij ergens een week verbleef. Al zijn handelingen moesten, achteraf gereconstrueerd, volstrekt alledaags lijken.

Hij wierp een blik op de steile, witgeschilderde trap naar boven. Honderden misschien wel duizenden voetstappen hadden de verf in het midden van de treden afgesleten tot bijna gelijke ovalen. Moest hij nu naar boven om te kijken of daar nog kamers waren? Juist van al die keuzes, de hele dag door, was hij de laatste tijd hondsmoe geworden. Opstaan of in bed blijven, de reclamefolders van de mat halen of ze laten liggen, de telefoon opnemen of hem laten rinkelen. Meestal bleef hij lang in bed, met de gordijnen dicht naar de radio luisteren, naar een Philips-wereldontvanger die sinds de dood van zijn vrouw Johanna, nu elf maanden geleden, op haar kussen lag.

Maar ook de radio draaide hij na verloop van tijd naar een taal die hij niet verstond, of zo zacht dat hij amper hoorde wat er werd gezegd. Het enige bericht uit al die stromen berichten dat hij de laatste tijd onthouden had, ging over niets, lucht, vlokken schuim: onderzoek had uitgewezen dat je je spieren ook kon trainen door je alleen maar voor te stellen dat je een oefening deed. Dat was gemeten. Ook bij iemand die zich alleen maar verbeeldde dat hij gewichten optilde, nam de spieromvang toe. Hij had zich nog maar eens omgedraaid en tevreden zijn ogen gesloten. Hij kon voortaan rustig in bed blijven en zich voorstellen dat hij opstond, een douche nam, ontbeet, zich aankleedde, een wandeling maakte, mensen ontmoette. En van al die activiteiten zou hij verslag doen wanneer zijn kinderen hem 's avonds belden met de rituele vraag: en, wat heb je gedaan vandaag? Hij kon aan het leven deelnemen, 'weer goed functioneren' zoals zijn schoonzoon het noemde, terwijl hij deed wat hij het liefste deed, in bed blijven en geen vin verroeren.

Nu moest hij toch echt een beslissing nemen. De kleren die hij nooit meer zou dragen in een kast opbergen. De broeken naast elkaar in hun broekenklem, de overhemden, voor elke dag een schone, op hangertjes. Onderbroeken, hemden, truien, sokken op de planken, elk lichaamsdeel zijn eigen plek. Hij tilde zijn koffer op en mompelde zacht voor zich uit: 'Wat moet een mens toch veel. Zelfs nu, nu ik er al bijna niet meer ben...'

Hij dacht niet na maar ging een kamer naast de voordeur binnen. Het was een klein kamertje met donkergroene bloemetjesgordijnen, een wastafel met een spiegel, waarin hij zijn gezicht zag, zijn bijna zeventigjarige gezicht, vaalbleek, bijna groen alsof hij al dagen in het water had gelegen. Zo zou hij eruitzien wanneer hij weer aanspoelde op het strand, of op de kust van een ander eiland, wie weet helemaal in Engeland bij de klippen van Dover. Hij kamde met zijn vingers zijn dunne witte haar, dat door de zeewind alle kanten op stond. Zijn dochter had het vlak voor zijn vertrek nog bijgeknipt en ook het haar in zijn oren. 'Je weet maar nooit wie je tegenkomt.' Het haar in zijn neus durfde ze niet te knippen, dat moest hij zelf doen. Hij betastte met zijn vingertoppen zijn gezicht: zo mager zou het over een paar dagen niet meer zijn, eerder sponzig, opgezwollen, gehavend misschien. Arme dochter die hem in het mortuarium moest gaan bekijken: is dit uw vermiste vader? Hopelijk nam An het op zich, die was flinker dan Bea. Daarbij was Bea alleen en An al twintig jaar met Hans, die als arts wel erger dingen had gezien. Hij trok de gordijnen open, probeerde er niet meer aan te denken hoe erg ze zou schrikken, haar hand voor haar mond slaan, kokhalzen misschien.

Beschaamd greep hij naar zijn kin. Al voor hij zijn koffer helemaal had uitgepakt, wist hij dat er geen zwembroek in zat. Als hij in onderbroek aanspoelde zou het lijken alsof hij half in slaap de zee in was gewankeld. Hij wilde geen dwaas zijn in de ogen van zijn dochters. Het waren keurige onderbroeken, nog uitgezocht door hun moeder. Niet van die moderne boxerflodders waarin je geslacht alle kanten op kon, maar nauwsluitende, lichtblauwe en witte, die je het gevoel gaven dat je nog billen had. Toch wilde hij niet in onderbroek gevonden worden.

'Nee, nee,' zei hij beslist en kuchte zijn schorheid weg. Hij was altijd wat hees wanneer hij lang niet had gepraat. Behalve de paar woorden die hij had gewisseld met de man bij het parkeerterrein waar hij zijn auto had gezet, met de vrouw bij wie hij zijn retourtje voor de boot had gekocht, en met de buschauffeur had hij vandaag nog niemand gesproken. Hij schudde zijn hoofd: een onderbroek zou zijn dochters misschien aan het denken zetten. Zij wisten dat hij er de man niet naar was om zich in ondergoed op het strand te begeven, ook al was het april en liep er 's avonds haast niemand meer langs zee.

Nadat hij zijn koffer had uitgepakt en het bed opgemaakt met de lakens, waaraan Bea hem op het laatste moment nog had helpen herinneren, een schone pyjama op het kussen had gelegd, wierp hij een blik in de woonkamer. Daar, aan die ronde eettafel met het vaasje bloemen, zou hij zijn brieven schrijven, straks wanneer hij terug was uit het dorp. Hij hing de plastic zak met de blocnote, de pen, enveloppen en een strookje postzegels aan de knop van een van de vier stoelen, zette de kachel in de hoek van de kamer iets hoger. Twee uur, meer zou hij niet nodig hebben om de brieven te schrijven; daarna zou hij zijn laatste voorbereidingen treffen, de nieuwe zwembroek aantrekken en in zijn badjas zitten wachten tot het donker werd.

Hij stond al in de gang, toen hij zich omdraaide omdat nu pas tot hem doordrong wat hij op tafel had zien staan. Geen kunstbloemen, maar echte, verse bloemen, iets geels en paars waarvan Johanna ongetwijfeld geweten had of had willen weten hoe ze heetten. Zijn dochters zetten ook voortdurend bloemen neer in huis, 'zodat het er wat bewoonder uitziet'. Door wie waren die daar neergezet, door de vorige huurders? Hij haalde de bloemen uit het vaasje en keek rond of hij ergens een prullenmand zag staan. De kachel had hij ook nauwelijks hoger hoeven zetten, besefte hij nu. Iemand had dat al voor hem gedaan, iemand die wilde dat het bij zijn aankomst behaaglijk in de kamer was. 'Ik wil dat allemaal niet meer.' Hij gooide de bloemen in de prullenmand. Hoewel hij geen geluid hoorde, boven of achter een van de dichte deuren, had hij het gevoel dat hij gadegeslagen werd.

'Hallo,' riep hij. Hij wachtte even, schraapte zijn keel: 'Wie is daar?' Hij liep de gang in en riep het nog eens, nu onder aan de trap, voelde zich net een kind dat voor het slapengaan snel een blik onder zijn bed werpt.

Behalve het suizen van de kachel hoorde hij niets, maar de stilte stelde hem niet gerust. Had hij alles wel goed doorgedacht toen hij besloot een huisje te huren dat maar aan een voorwaarde hoefde te voldoen: dat het vlak bij zee lag? Hij had zich iets kalers, onpersoonlijkers voorgesteld. Geen bloemetje op tafel. Niet al die sporen van eerdere bewoners op de schouw. Niet al die briefjes overal.

Om alleen te zijn, geen nieuwsgierige vragen te hoeven beantwoorden – daarom gaf hij de voorkeur aan een huisje boven een hotel. In een huisje had je geen receptionist die 's avonds tegen elven de sleutel van je kamer in het vakje zag hangen en zich ineens herinnerde dat je ruim een uur geleden met een handdoek over je arm door de draaideur was verdwenen.

Hij liep naar het raam, schoof een rood boek dat op het bankje lag opzij, zette zijn knie op de rand en tuurde naar buiten. Het dichtstbijzijnde huis stond een meter of dertig verderop. De blauwe luxaflex voor het zijraam was gesloten, maar dat zei niets, er konden nog mensen komen. Zaterdag was voor de meeste huisjes wisseldag had de juffrouw van de vvv hem door de telefoon verteld, maar op de boot die hij vanochtend om negen uur had genomen, was het gelukkig niet druk geweest. Hij keek nog eens naar het lege vaasje op tafel. Als er maar niemand kwam informeren of alles naar wens was. Hij wilde niet gezien worden in zijn laatste uren.

Op weg naar het dorp passeerde hij de telefooncel. 'Bel je zodra je aangekomen bent?' had Bea gevraagd. Het was niet makkelijk geweest haar te overtuigen dat hij haar beter over een paar dagen, halverwege zijn vakantie, kon bellen. 'Dan heb ik wat te vertellen.' Nee, hij wilde ook geen mobiele telefoon mee voor het geval dat, zo'n ding daar werd hij maar onrustig van. Hij kon haar toch moeilijk zeggen dat hij haar stem niet wilde horen, zo vlak voor het eind.

Naast de telefooncel was de brievenbus, waar hij vanavond zijn brieven zou posten. De laatste lichting geschiedde pas morgen, zondag weer, om drie uur. Zijn kinderen zouden zijn brieven dinsdag of woensdag ontvangen, wanneer hij al zeker drie dagen verdronken was. Waarschijnlijk had het bericht van zijn dood hen eerder bereikt dan zijn brief. Dat leek hem ook beter: een teken van leven wanneer ze het het minst verwachtten. Na zijn dood.

Hij liep over een voetpad, naast de Badweg, een pad van vermalen schelpen. Iedere voetstap veroorzaakte geknisper, iedere keer weer en door dat geluid besefte hij dat hij al in geen tijden een lange wandeling had gemaakt. Dit was ook geen wandelen, wandelaars keken om zich heen, bewonderden het landschap, zagen kastelen in wolken, of kamelen, en genoten. Hij was daartoe niet meer in staat, daarom liep hij over dit pad, met maar een doel: een zwembroek kopen.

Thuis verplaatste hij zich hooguit, van bed naar badkamer, de trap af naar beneden, en na een poosje naar de voordeur waar Tafeltje Dekje iedere dag om deze tijd, rond half een, zijn warme maaltijd neerzette. Vervolgens verplaatste hij zich met de piepschuimen doos met zorgvuldig afgedekte schaaltjes naar de woonkamer waar het bestek al klaarlag, om de maaltijd op schoot voor de televisie rechtstreeks uit de aluminium bakjes op te eten. Net als in een vliegtuig, dacht hij de eerste keer, en hij had de neiging opzij te kijken en Johanna aan te stoten en te toasten op de reis die ze gingen maken, maar na een week was de nieuwigheid eraf.

Het was altijd te veel, een maaltijd voor een man in de kracht van zijn leven. Een man die 's ochtends vroeg voor hij naar zijn werk ging een halfuur fietste op een hometrainer. De restjes zette hij in de koelkast om 's avonds op te warmen. 's Avonds had hij meestal geen trek, zei hij tegen zijn dochters, maar hij was domweg te lui om de inhoud van de bakjes in pannetjes over te scheppen en die op het vuur te zetten, er weer af te halen. Meestal at hij een appel of een half pak stroopwafels en vergat de kliekjes, tot een van zijn kinderen ze onder een dekentje van schimmel achter in de koelkast aantrof.

Het schelpenpad voerde langs een sparrenbos. Hij hoorde de boomtoppen tegen elkaar slaan, droog getik hoog in de lucht. Nu hij erop lette voelde hij de wind ook langs zijn huid. Niet onprettig, hij sloot zijn ogen even. Een paar jaar geleden was Johanna van de markt thuisgekomen met een windorgel van stukken bamboe. Bij het geringste briesje raakten de staven elkaar en hoorde je ijle klanken die van heel ver leken te komen. Nog geen twee dagen na haar crematie had hij een ladder gepakt en het ding van de tak losgesneden. Het kabbelende, vragende geluid maakte hem nog rustelozer dan hij al was, hield hem uit zijn slaap. Het hout begon te verweren, was zacht en donker aan de randen alsof iemand eraan gesabbeld had en hoewel hij zeker wist dat hij het windorgel nooit meer zou ophangen, kon hij er ook niet toe komen het weg te gooien. Dat mochten zijn kinderen doen, straks.

Hij rook de sparren, rook dat hij in een bos was: de geur van hars en naalden vermengde zich met het zout van de zee, die hij steeds verder achter zich liet. Vreemd, thuis rook hij niks, al heel lang niet meer. Zijn dochters moesten hem erop wijzen dat de koelkast stonk, dat hij de ramen boven eens tegen elkaar open moest zetten, dat hij het deksel vaster op het busje thee moest doen, want zo verloren de bladeren hun geur en op den duur hun smaak. Johanna was hem altijd voor geweest: ruik je dat, Leo? Hoor je de bomen tegen elkaar slaan, alsof de bosgeesten een stokgevecht houden? Het leek wel alsof haar dood hem van zijn zintuigen had beroofd.

De Badweg kwam uit op een smallere weg, links noch rechts zag hij winkels, alleen maar bomen. De Marktstraat of Dorpsstraat of hoe de straat waar hij een zwembroek ging kopen ook mocht heten, moest zich verderop bevinden, zuidelijker, nog dichter bij het wad. Hij stak de weg over, en volgde een pad naar beneden. Verscholen tussen lichtgroene bomen lag een laag, uit oude baksteen opgetrokken gebouwtje. Aan de achterkant bevond zich een soort uitspanning waar tussen ronde tafels en rotanstoelen witte pauwen rondscharrelden. Er zat maar één echtpaar, met jassen aan onder een grote parasol, terwijl de zon niet scheen. Zo nu en dan begonnen zijn dochters er weer over dat het zo niet langer ging. Hij zag niemand meer. Kon hij de logeerkamer niet aan een student verhuren? Of, 'op den duur' zeiden ze met veel nadruk, iemand zoeken? Per advertentie desnoods, al was het maar een vrouw om eens mee uit eten te nemen of naar de film? Maar als hij zo'n stel zag, was hij liever alleen. De man had een buik en zijn gezicht glom als de appelbol die hij met mes en vork probeerde klein te krijgen. De vrouw was slank, nipte van een glaasje Spa en volgde jaloers iedere hap die hij naar zijn mond bracht.

Schuin aan de overkant van het café dat Het Armhuis bleek te heten, stond een kleine kerk van gele baksteen. De ramen hadden in dit licht dezelfde mosgroene kleur als de bomen op het plein eromheen. Johanna zou vast en zeker naar binnen zijn gegaan. Nu eens om een kaars op te steken, 'baat het niet dan schaadt het niet', dan weer om alleen maar wat te zitten. Hij ging wel met haar mee, maar bleef dan naast de ingang staan. Waarom wist hij niet, maar het ergerde hem wanneer hij iemand in een kerkbank zag knielen, een gebed zag prevelen of devoot naar een kruis zag opkijken. Alsof hij iets zag dat niet voor zijn ogen bestemd was, een lange tongzoen van dichtbij. De hoge deur van de kerk stond open, maar hij liep vlug door zonder een blik naar binnen te werpen.

Aan de andere kant van het kerkplein was een bibliotheek waar hij even stilhield. Hij deed alsof hij naar de uitgestalde boeken keek, terwijl hij uitrustte. Om beurten tilde hij zijn benen op, zoals vroeger wanneer hij voor het eerst geschaatst had. Hij voelde de vermoeidheid, in zijn kuiten vooral. Toen hij een klein uur geleden het bed in het groene kamertje opmaakte en de reiswekker op het nachtkastje zette, wist hij dat hij nog iets vergeten was. Thuis stond die wekker op een stapel boeken, al maanden dezelfde boeken. Hij bracht het nauwelijks op veel meer dan een bladzij te lezen, kon zich niet concentreren, zag na een paar minuten geen letters meer, maar haaltjes, lussen, een schrift dat hem even vreemd was als Arabisch.

Hij verwachtte niet dat hij nu ineens, in zijn laatste uren, wel een boek zou willen lezen. Wat moest een mens vlak voor zijn dood trouwens lezen? Waar moest dat boek over gaan? Hij zag zichzelf weerspiegeld in de ruit, raakte het glas even aan, dat koud was, bracht zijn vingertoppen naar zijn gezicht dat ook koel aanvoelde, maar anders. Het had hem verbaasd hoe snel het bloed uit Johanna's dode gezicht was weggetrokken. Eerst werd haar neuspunt blauw, daarna wit, een koude vlek die zich in een oogwenk over haar gezicht uitspreidde.

Zouden zijn dochters het niet vreemd vinden dat hij niets te lezen had meegebracht? Dat zich in de bagage die hun na verloop van tijd door de politie werd opgestuurd geen enkel boek bevond? Hij kon natuurlijk een boek lenen. Tegen de bibliothecaresse zeggen dat hij het vandaag over een week, voor de boot vertrok, zou terugbrengen. Zijn dochters zouden het boek openslaan, de datum zien waarop hij het had zullen terugbezorgen. Ze kenden hem, wisten dat hij de man er niet naar was om een boek te lenen dat hij niet op tijd terug kon brengen.

Zijn ogen gingen langs de rijen boeken, hij liep een paar keer op en neer langs het grote raam. Hij had geen idee welk boek uit die honderden boeken hij moest kiezen. Welk boek de vader die hij in zijn dochters' ogen wilde zijn, zou lezen. Als hij dadelijk ook zo lang zou dralen, trok hij binnen de kortste keren de aandacht van die vrouw daar achter de balie. Later ging de politie misschien met het bibliotheekboek bij haar informeren: of haar iets vreemds opgevallen was? Hij schudde zijn hoofd: beter niet naar binnen gaan. Op de bank in het huisje had hij een rood boek zien liggen en gelukkig was er ook televisie. Hoe dommer het programma, des te groter de afleiding. Er was vast wel iets, een spelletjesshow, een rad van fortuin, een moppentapwedstrijd, een raad-eens-wat-deze-auto-kost-show, en deze wasmachine? Duizend, tweeduizend gulden?

Er waren verschillende winkels waar zwembroeken werden verkocht, maar de degelijke naam Houters Warenhuis beviel hem. In een winkel die zich warenhuis noemde, waren de zwembroeken vast niet overdreven duur. Waarom veel geld uitgeven aan iets waaraan hij geen plezier zou beleven? De winkel bestond uit twee panden, aan de puntdaken te zien waren het ooit woonhuizen geweest. In een van de twee etalages lag, op een grote badhanddoek tussen een haarborstel en een duikbril, een lila bikini met een patroon van partjes watermeloen, sinaasappel, aardbei. Het bovenstukje lag schuin ten opzichte van het ook al schuin neergelegde broekje. Als je daar een vrouw in dacht, een lijn trok van broekje naar bh, kreeg je een slangenmens. Hij grijnsde om een herinnering aan de billen van Johanna dertig jaar geleden op het Griekse eiland Kos. Of was het een ander eiland dat op os eindigde? Hij zat een boek te lezen, zij lag op haar buik in het zand in haar zachtblauwe bikini met roze vogels, toen ze van dichtbij een hoog kinderstemmetje hoorden. 'Mammie', een witblond Deens of Zweeds meisje wees naar Johanna's billen, en terwijl ze achterom naar haar al even blonde moeder keek zei ze iets dat klonk als: 'Mammie, swaone of pelikoane?'

Vanaf die dag vroeg hij altijd wanneer hij Johanna's billen aaide, bij voorkeur als ze aan het afwassen was en niks kon terugdoen: Johanna, swaone of pelikoane? Pelikoane, zei ze wanneer ze in een goed humeur was. De laatste jaren deed ze steeds vaker alsof ze de vraag niet gehoord had. 'Maar dat kwam omdat je toen al ziek was, niet?' zei hij tegen de bikini.

Op een lichtreclame na was het donker in het warenhuis. Hij liep naar de deur en keek op het gele kaartje met openings- en sluitingstijden. De winkel ging om twee uur weer open. Klokslag twee uur zou hij hier weer voor de deur staan, dan kon hij als hij stevig doorliep rond drie uur weer terug zijn in het huisje om de brieven te schrijven. Wat moest hij doen, nu het net begon te regenen?

Terwijl hij zijn kraag opzette en besluiteloos de Dorpsstraat inkeek, voelde hij dat hij misselijk werd, en licht in zijn hoofd. Kwam het door het uur waar hij geen plan voor had, de plas tijd die hij moest zien te overbruggen? Hij leunde tegen de ruit, vroeg zich af of hij niet gewoon honger had. Thuis kwam het eten in de piepschuimen dozen altijd eerder dan de honger, en begon hij maar vast te eten, vooruitlopend op de trek die hij anders later zou krijgen. En omdat hij toch niets beters te doen had.

Een broodje kroket met veel mosterd, of een uitsmijter? Een dubbele uitsmijter, een met rosbief en een met kaas? Het water liep hem in de mond en vanzelf ging hij sneller lopen. Hij passeerde een paar cafés en eetgelegenheden, maar ging niet naar binnen, overal zaten mensen te schuilen voor de regenbui die alweer overwaaide.

Hij streek neer op een groot terras tegenover de haven. Binnen bij het raam waren de meeste tafels bezet, maar buiten zat maar een stel, een meisje met een jongen in uniform; een politieagent, zag hij nu, zijn pet lag op zijn knie. Ze keken niet op toen hij het terras betrad.

Op hun stoelen na, die ze dicht tegen elkaar aan geschoven hadden, leunden alle plastic stoelen vermoeid tegen de tafelrand. Hij liet het zo, zette maar een van de vier stoelen rond zijn tafel recht. Hoewel hij al besloten had wat hij wilde eten, keek hij toch op de kaart. Hij wilde weten wat de mogelijkheden waren en zich bij ieder gerecht voorstellen hoe het smaakte. Haring met uitjes op wit brood, toast met gebakken champignons, huzarensalade.

Hij schaamde zich niet voor zijn gretigheid. Goedbeschouwd was dit zijn galgenmaal, ook terdoodveroordeelden mochten op de laatste dag kiezen wat ze wilden eten. Hij had nooit gehoord dat iemand zei: maak maar wat, een bordje pap, maar een boterham met pindakaas is ook goed. Toen hij op de kaart las dat er ook pannenkoeken te krijgen waren, zag hij af van de uitsmijter. Er waren pannenkoeken met rozijnen en rum, maar ook met kaas en spek. Hij moest zich beheersen er geen twee of drie verschillende te bestellen en betrapte zich erop dat hij dacht: vandaag neem ik er een met stroop en morgen een met spek – tot hij zich realiseerde dat hij er morgen niet meer was. Hij hakte de knoop door en besloot een pannenkoek met spek te nemen, waarover hij een dun laagje stroop zou smeren. Zout en zoet door elkaar, daar was hij als kind al gek op. Hij kreeg al dorst bij de gedachte. Zou hij er een glas bier bij bestellen? 'Een pannenkoek met spek, graag,' zei hij een paar keer, zachtjes achter de menukaart. 'En een glas tonic met ijs.' Hij moest nu geen alcohol drinken, zelfs geen bier.

Alles liep zoals hij gehoopt had. Na enkele minuten kwam een meisje met een wit schortje voor hem vragen wat hij wilde eten. Terwijl hij de bestelling opgaf, haalde zij een dweiltje over het natgeregende tafelblad, maar begon gelukkig niet over het weer dat zo wisselvallig was. Praatjes over het weer konden hele gesprekken worden en voor je het wist legde iemand haar hele ziel op tafel. Een klein kwartier later – het liep tegen half twee – werd de bestelling gebracht. Twintig minuten was genoeg om te eten, en af te rekenen. Precies op tijd zou hij weer bij Houters Warenhuis voor de deur staan. Hij bedankte de serveerster zonder haar aan te kijken. De pannenkoek was goed gelukt, het spek doorbakken, knapperig maar niet aangebrand, de stroop precies stroperig genoeg. Zo nu en dan nam hij een slok van zijn tonic met ijs, klemde het glas stevig in zijn hand, concentreerde zich op de kou die in zijn huid trok en vandaar naar zijn knokkels. Hij moest er maar aan wennen. Als dit hem al deed rillen, hoe moest dat dan vanavond?

Alles waarop hij zich de laatste tijd nog probeerde te verheugen, viel tegen en daarom was hij ermee opgehouden naar dingen uit te kijken, voorpret te hebben, maar deze pannenkoek overtrof zijn verwachtingen. Alsof de kok wist wat dit maal voor hem betekende, en de serveerster dat ze haar mond moest houden. Alles en iedereen werkte mee. De tafels om hem heen bleven leeg, ook toen de zon doorbrak, zo fel dat hij ervan moest knipperen met zijn ogen. Zon, regen, het was net alsof het weer zich hier heviger aandiende. Of leek het maar zo, omdat hij thuis nog zelden buiten kwam?

De enige die zich in zijn buurt waagde was een mus. Eerst landde ze op de leuning van de stoel tegenover hem, toen hipte ze naar de tafelrand en vandaar, brutaal, steeds dichterbij tot ze op de rand van zijn bord zat. Hij scheurde een stukje van zijn pannenkoek en schoof het naar haar toe, waarna ze het snel oppikte en ermee wegvloog.

Behalve over een huurder of een vrouw voor mee uit eten, begonnen zijn dochters ook steeds weer over een hond. Een huisdier zou hem goeddoen. Dan moest hij er 's ochtends bijtijds uit, praatjes maken met andere hondenbezitters, een hond zou hem een dagindeling geven, structuur, contacten. Maar hij wilde dat allemaal niet meer. Nee, ook geen poes die 's nachts op je voeten kwam liggen en in de keuken tussen je enkels door sloop wanneer ze honger had of geaaid wilde worden. Wat moest zo'n beest als hij ziek werd, doodging? Waar heb je het over papa, je bent niet ziek, je gaat niet dood. Heus, een huisdier is goed tegen eenzaamheid zeggen ze. Hij scheurde nog een stukje pannenkoek af, schoof het opzij voor als de mus weer terugkwam, en zei met halfvolle mond tot de rand van zijn bord: 'Ze zeggen zoveel...'

Ook dat rouw een jaar duurt, na een jaar zou het ergste voorbij zijn. Hij had er niets van gemerkt, en het jaar was bijna om. Hij had geen zin dat moment af te wachten. 'Jij bent me er eentje,' zei hij toen de mus weer kwam aangevlogen. 'Moet ik er voor jou ook een bestellen?' Hij zag het gezicht van de serveerster al voor zich wanneer hij zeggen zou: 'Een pannenkoek voor deze mus graag.' Als hij zoiets deed zou hij zeker herinnerd worden, achteraf, wanneer men zo hier en daar eens naar hem informeerde om erachter te komen wat er precies gebeurd was.

Zo lekker vond hij zijn laatste pannenkoek dat hij zich afvroeg waarom hij er in al die maanden nooit eens een voor zichzelf gebakken had. An had laatst een half pak meel weggegooid, herinnerde hij zich, toen ze de voorraadkast schoonmaakte. Ze beweerde dat zelfs meel niet eeuwig houdbaar was, dat het was gaan klonteren en dat er vieze, witte draden door... Voorraad! Voorraadkast – hij verslikte zich bijna in zijn laatste hap. Hij had niets in huis gehaald, geen brood voor het ontbijt morgenochtend, geen koffie, geen thee, geen avondeten, niets. Alsof hij al bezig was te versterven voor hij verdronk. Hij had de keuken van het huisje niet eens bekeken. Een lege koelkast, lege broodtrommel, een aanrecht zonder een spoor van eetlust, een lege vuilnisbak – wat een vreemde indruk zou dat maken. Hij pakte een stompje potlood dat hij al dagen op zak had omdat hem steeds weer iets te binnen schoot, en begon op een papieren servetje aan een boodschappenlijst.

Het inzicht dat iemand die van plan was ergens een week te blijven de eerste dag in ieder geval de noodzakelijkste levensmiddelen in huis had gehaald, bracht een hoop rompslomp met zich mee. Zodra hij had afgerekend, ging hij een fiets huren. Hij had geen zin zich zijn laatste middag een breuk te tillen aan boodschappen die hij alleen maar zou uitstallen. De jongen van de fietsenverhuur vroeg of hij de fiets voor een dag, het hele weekend of langer wilde huren. Hij wees op een prijslijst boven de ingang en zei dat een fiets met fietstas zeven gulden vijftig per dag kostte, en vijfendertig gulden per week. De borgsom was vijfentwintig gulden en moest nu betaald worden. Hij aarzelde niet en nam de fiets voor een week, dat was weer een degelijk alibi erbij. Hij trok zijn portefeuille, dacht erover alleen de borg te betalen, want hij had geen idee wat een zwembroek vandaag de dag kostte en dan ook nog al die boodschappen.

De jongen zag hem weifelen en zei dat hij de huur van de fiets ook aan het eind van de week mocht afrekenen. Hij keek weg en mompelde iets over 'er maar beter vanaf zijn', betaalde alles, de huur en ook de borgsom waar hij nooit meer iets van zou terugzien, vroeg waar het postkantoor was en of hij daar kon pinnen. Hij wilde niet dat zo'n jongen of zijn vader de dupe werd. Dat zijn daad de nodige kosten met zich mee zou brengen, wist hij al toen hij de huurprijs voor een week Duinroos onder ogen kreeg. Als hij geen geld aan zijn levenseind wilde uitgeven, had hij beter uit het raam kunnen springen. Op de fiets reed hij naar de VVV om te zien wanneer het vanavond laagwater werd. Hij had er vorige week al telefonisch naar geïnformeerd, maar wilde het nu zwart op wit bevestigd zien.

Tegen half drie, op het tijdstip dat hij al onderweg

naar huis had moeten zijn om aan de brieven te beginnen, liep hij nog achter een karretje door een drukke winkel die Super heette en vulde het met producten die hij nooit zou opeten. Aanvankelijk viste hij de waren nog met tegenzin uit de schappen, maar toen hij zich voorstelde dat de verliefde politieman over een dag of wat het huisje zou betreden om een lijst te maken van wat hij aantrof en dat An en Bea die lijst onder ogen zouden krijgen, ging hij zijn best doen.

Een voorraadkast was toch een soort testament. Hij wilde geen vereenzaamde, armoedige indruk maken, geen man zijn die genoegen nam met droog brood en oploskoffie. Hij vulde zijn karretje met optimistische boodschappen. Met etenswaren waarvan hij zich herinnerde dat hij ze vroeger, toen hij zich nog verheugen kon, erg lekker vond. Alison, karnemelk, harde zure appels, salami, Toblerone, een stuk boerenbelegen van een pond, een stuk voor de hele week, een blikje schelvislever. Peper en zout zijn er vast wel, dacht hij, tot hij zich realiseerde dat hij het blik nooit zou openen, de schelvislever nooit zou fijnprakken en over een witte boterham uitsmeren.

Het avondmaal stelde hem voor grotere problemen. Hij had nooit voor zichzelf gekookt en ook geen honger meer na die pannenkoek, geen fantasie. Hij vond het moeilijk serieus na te denken over een maal dat hij door de wc zou spoelen. Waarvan alleen de verpakking het bewijs moest leveren dat hij die avond nog gewoon gegeten had. Hij liet zijn ogen langs blikken en potjes gaan. Het was niet eenvoudig iets te verzinnen dat geloofwaardig overkwam, iets waarvan zijn dochters wisten dat hij het lekker vond en dat ook nog makkelijk klaar te maken was.

Pas bij de kassa bedacht hij dat er morgen weer een

dag zou aanbreken, een dag waarop de Super gesloten zou zijn, een zondag, waar hij nu al rekening mee diende te houden. Hij keek achterom, daar stond een rij, een lange rij mensen achter propvolle karretjes. Sommigen staarden vermoeid voor zich uit, alsof ze het liefst zelf in het karretje zouden klimmen en zich laten voortduwen. Hij hakte de knoop door: hij zou het zichzelf makkelijk maken, morgen ging hij uit eten.

Nadat hij de inhoud van het karretje in de fietstassen had overgeheveld, reed hij door naar een pizzeria met uitzicht op het wad en bestelde een tafel voor één persoon, zondagavond, half zeven. Hij liet zijn naam achter en zei dat hij in een huisje logeerde dat Duinroos heette. De man van het restaurant noteerde de gegevens en zei: 'Tot morgen.' 'Tot morgen,' zei hij terug en hij voelde tot zijn verbazing dat hij glimlachte, vanzelf, zonder zich te hoeven forceren. Triomfantelijk omdat het web waaruit hij vanavond zou verdwijnen almaar verfijnder werd, perfecter, sluitender.

Toen hij de datum in de rechterbovenhoek van het briefpapier had gezet, besefte hij dat hij zijn dochters nog nooit een brief geschreven had. Dat deed Johanna altijd. De briefkaarten wanneer ze op vakantie waren, de sinterklaasgedichten, verjaarskaarten aan kleinkinderen, kerstkaarten, allemaal Johanna's werk. Daar waren nooit veel woorden aan vuilgemaakt, daar was zij gewoon veel beter in. Het enige dat hij eraan toevoegde was papa, of opa, of Leo. Ook de condoléancebrieven aan vrienden en kennissen schreef Johanna, dat sprak vanzelf. Hij was er iedere keer weer verbaasd over dat ze de juiste toon wist te treffen, altijd iets over de dode wist op te diepen dat zo'n brief iets persoonlijks, iets Johanna-achtigs gaf. Gelukkig was er na haar dood nog niemand gestorven.

Nu stond hij alleen voor de lastige taak een brief te schrijven die zijn dochters misschien wel de rest van hun leven zouden bewaren: papa's laatste brief, geschreven op zijn eerste dag op het eiland. *Lieve Bee*, hij begon met de brief aan zijn oudste dochter, die zich altijd het meest om hem bekommerde. Hij staarde naar het witte papier, alsof het een dag was zonder afspraken, zonder iets te doen. Zo'n dag wanneer hij bij het wakker worden al dacht: was het maar vast avond.

Hij kon moeilijk schrijven hoe goed de pannenkoek met spek en stroop hem gesmaakt had, omdat hij bij iedere hap besefte dat het zijn laatste was – de laatste pannenkoek van zijn leven. Of de opwinding die hij voelde toen hij vanmiddag een tafel bestelde, in een restaurant waar hij nooit zou verschijnen. Alle hoogtepunten van deze dag hingen samen met zijn naderende dood, met de daad die hij tot elke prijs moest zien te camoufleren.

Twee brieven, twee verschillende brieven, hij luisterde naar het suizen van de kachel. Fluisterde Johanna hem maar iets in, een halve bladzij was al genoeg, over een eerste dag viel nu eenmaal niet veel te vertellen. Zo zat hij een tijdje naar het papier te staren, te hopen op een wonder waar hij niet in geloofde. Te hopen dat zijn pen vanzelf over het papier zou bewegen en toen dat maar niet gebeurde, besloot hij het zichzelf iets gemakkelijker te maken. Hij zou geen twee brieven maar één brief aan hen beiden schrijven. *Lieve Bee, Lieve An (Bea, fax jij deze brief aan An door?)*

Het vooruitzicht maar een briefje te hoeven schrijven luchtte hem op en de zinnen kwamen vanzelf alsof hij zich op een stroom liet meedrijven.

Na een voorspoedige reis, kwam ik rond elven in de haven van Vlieland aan. Ik heb de bus naar het huisje genomen, heb me daar geïnstalleerd en ben vervolgens naar het dorp gewandeld voor de eerste boodschappen. Morgen ga ik uit eten. Ja, wat een activiteiten ontplooit jullie vader hier, hè! In het dorp heb ik ook een fiets gehuurd voor de hele week, en een zwembroek gekocht.

Hij kreeg het warm bij de herinnering aan wat zich in Houters Warenhuis had afgespeeld, en veegde zijn handpalmen af aan zijn broek. Eerst had hij een tijdje zelf in de winkel rondgekeken. Er was van alles te koop, van scheermesjes tot souvenirs, cranberrythee en drop. Hij had zijn handen door rekken met T-shirts laten gaan, langs korte en lange broeken, maar wat hij zocht had hij niet kunnen vinden. Er hingen wel zwembroeken, maar die leken hem veel te klein, zouden zijn navel nauwelijks bedekken. Zijn navel was net een rafelig knoopsgat, zei Johanna altijd. Na enige aarzeling had hij zich tot een verkoopster gewend met de vraag of er ook hoge herenzwembroeken maat tweeënvijftig waren. Zij had zich verontschuldigd omdat ze daarvoor naar het magazijn moest, achter de winkel: het grootste gedeelte van de zomercollectie hing nog niet op de rekken. 'De zee is nog koud en Flidunen is nog niet open,' had ze gezegd.

'Flidunen?'

'Het zwembad.'

Hij had haar blijkbaar zo glazig aangekeken dat ze meteen de conclusie trok dat hij 'natuurlijk' in Hotel Seeduyn logeerde, 'Ja, daar moet een aardig binnenbad zijn.'

Ze verdween in een ruimte achter de winkel en hij

keek haar na, blij dat hij tijd kreeg zich te herstellen van wat hij zojuist had ontdekt: dat het woord zwembroek in dit jaargetijde met zwembad werd geassocieerd. En dat het grote zwembad van het eiland nog niet open was. Hij wilde niet liegen over waar hij logeerde. Als er later naar hem geïnformeerd werd, zou zo'n leugen een vreemde, zelfs verwarde indruk maken: de man wist blijkbaar niet eens meer waar hij woonde.

'Ik logeer niet in Seeduyn,' zei hij toen ze met een stapel zwembroeken achter de toonbank terugkeerde, 'maar in een huisje vlak bij zee.'

'De gasten van de huisjes mogen misschien ook wel in het zwembad van het hotel.'

'Denkt u?'

'Als het niet te druk is, vast wel. Het zal wel wat kosten.'

'O, dat geeft niet.'

Hij deed alsof hij de zwembroeken bekeek, terwijl hij bedacht hoe dom het van hem was, dom, dom, om op dat zwembad in te gaan. Daar had hij toch niets te zoeken? Daar werd je gered, op het droge getrokken, beademd. Daar kreeg je een kop koffie voor de schrik. Je moest het op zijn minst aan je hart hebben voor je in een zwembad verdronk.

Hij betastte de stof van een rode zwembroek, durfde de verkoopster niet aan te kijken toen hij zei: 'Misschien waag ik me zelfs wel een keer in zee.'

Het meisje huiverde, hij keek op, zag dat ze ongelovig naar hem glimlachte. 'In april, mij niet gezien.'

'Op nieuwjaarsdag storten honderden mensen zich in de golven, ieder jaar weer,' zei hij.

'Ja, maar dat is erin en eruit, maar echt zwemmen?'

'Ach, als je eenmaal door bent. Misschien probeer ik het vanavond wel.' Hij boog zich snel weer over de zwembroeken, zette zijn leesbril op en bestudeerde de prijskaartjes.

'Na zo'n ijskoud bad schijn je goed te slapen,' zei het meisje. 'Ja, het moet erg gezond zijn, dat wel.'

Hij knikte, verheugd dat ze zijn alibi aanvulde, hem zelfs min of meer adviseerde in zee te gaan zwemmen. 'Deze maar,' zei hij en wees naar de zwembroek die hij al meteen het aardigst had gevonden, een rode met een klein felblauw stipje. Waarom zo'n lapje stof met een koordje en een schepnet voor je geslacht vijfenzestig gulden moest kosten, was hem een raadsel, maar hij was zo opgelucht dat hij zich uit de situatie had gered dat hij er niet lang bij stilstond. Hij was bijna door zijn contant geld heen, maar ook door zijn leven. Niet het moment om krenterig te zijn. Toen het meisje de zwembroek in een tasje deed, besefte hij dat hij sinds Johanna's dood nog geen nieuwe kleren had gekocht. Nu zou hij er nooit achter komen of hij zich zonder haar anders zou gaan kleden, duurder, frivoler.

Rood met blauwe stippen, schreef hij achter het woord zwembroek. Dat klonk alvast vrolijk. Maar nu verder. Over wat hij gezien had, zijn eerste indrukken van het eiland, de wandeling die hij gemaakt had, en wat hij morgen en overmorgen ging doen behalve zwemmen in een zwembad en heel misschien in zee. Hij las wat hij geschreven had. Wat hij las was niet slecht, maar niet genoeg, nog maar een inleiding. Hij sprong er niet uit als de man die hij voor ogen had, hen na wilde laten. Het leefde niet.

Hij keek op zijn horloge, half vijf. Vanaf zes uur werd het laagwater. Hij had tot vannacht twaalf uur de tijd. Hij moest niet vergeten zijn horloge af te doen. Het was waterdicht, maar of het zo'n lange tijd in zout water zou doorstaan, betwijfelde hij. Het zou wel eens dagen kunnen duren voor hij aanspoelde en hij stond erop dat zijn oudste kleinzoon het kreeg, hij had de jongen er al zo vaak begerig naar zien staren. Als hij het nu vast afdeed, kon hij het straks niet vergeten.

Hij stond op, ijsbeerde door de kamer, liep naar het zijraam dat uitkeek over de duinen. De blauwe luxaflex van het buurhuis aan de rechterkant was nu open. Hij keek over zijn leesbril heen, zag een man en een vrouw en twee kleine kinderen onder een lamp om de tafel zitten. Op de schouder van de man lag het hoofd van een baby. Wat ze deden – theedrinken, een spelletje, aardappels eten –, kon hij niet zien.

Zijn oog viel op het rode boek dat hij vanochtend al even in zijn hand had gehad zonder te zien wat de titel was. *Gastenboek* stond er in een duidelijk handschrift op het omslag. Hij bladerde erin, verbaasde zich erover dat al die mensen zo'n opgewekte toon wisten aan te slaan, zoveel meemaakten. *Op tweede paasdag is een van de kinderen door een ruit gegaan, maar die hebben we laten vervangen*, las hij, en een paar bladzijden daarvoor: *Al snel na aankomst bleek dat de tv kapot was, mijn man heeft nog geprobeerd hem te repareren, maar hij bleef stuk. Dat was het enige jammere, verder vonden wij het een fijn huisje op een fijn eiland. Hartelijke groeten en misschien tot ziens, familie Van den Berg, Hattem.* Dat was zeven jaar geleden, de televisie zou het nu wel weer doen. Straks als hij de brief af had, en op de post gedaan, ging hij in zijn zwembroek en badjas voor de televisie zitten wachten tot het donker was. *Twee dagen voor ons vertrek werden er acht grote dozen bezorgd (voor de volgende bewoners?). We hebben ze maar in de gang gezet, maar aangezien het daar nogal smal is, was dat niet zo leuk. Verder geen klachten, we hebben genoten. Joke en Fred Steenman.*

Hij bladerde door naar de laatste gast. Toen hij zijn bril vaster op zijn neus duwde, verschoof hij met zijn elleboog iets dat tussen de bladzijden lag. Een veertje dwarrelde naar de grond.

Nadat Johanna was gestorven, hadden ze haar tussen haar planten, op de bank waar ze zo vaak een middagdutje had gedaan, laten opbaren. In een korenblauwe jurk met witte stippen en vlak boven de boezem een zakje waar ze vaak een bloem in stak, of een witte zakdoek, had ze daar drie dagen gelegen. Op de avond van haar dood had An in de tuin een veertje gevonden, en dat veertje had ze in haar moeders jurk gestoken en het was ook mee de kist in gegaan, die later door mannen in stijve zwarte pakken het huis was uitgedragen. In de weken na Johanna's dood bleef An maar veertjes vinden, niet alleen in tuinen en parken, maar op de vreemdste plekken, op stoepen in drukke winkelstraten, op de vensterbank van haar flat, in een jaargetijde dat er helemaal geen jonge vogels waren die hun veren konden verliezen. An noemde het een teken, An zou dit ook een teken van Johanna noemen.

Hij bukte zich, pakte het veertje op. Hij geloofde niet dat Johanna nog ergens was en in staat tekens te geven, op wat voor manier dan ook. Maar om An een plezier te doen zou hij het veertje in zijn blocnote achterlaten. Tussen de vellen van het briefpapier zou zij, op een dag wanneer zijn spullen haar toegestuurd werden, dit veertje vinden.

Hij legde het op tafel boven de blocnote, naast het horloge, zodat hij het niet vergeten zou, en las wat de laatste gast geschreven had. *All shall be well*, alles zal goed komen, had ene Sanne in grote zwarte viltstiftletters geschreven, nog maar een paar dagen geleden, in ditzelfde huis. Misschien school daar iets van waarheid in, moest hij zich niet al te veel zorgen maken, niks forceren. Het enige dat telde was dat de brief overtuigde, iedere twijfel uitsloot. Dat het een brief werd van iemand die langzamerhand weer zin in het leven kreeg. Eens zou het hem lukken zo'n brief te schrijven, en dan was hij overal van af, voorgoed. *All shall be well.*

Hij klapte het gastenboek dicht, legde het op een plankje met verfomfaaide pockets, pakte een wit takje op dat tegen de muur boven de schouw leunde. Een tak in de vorm van een katapult, maar je kon er ook twee armen in zien, een mannetje dat om hulp riep. Waarschijnlijk vergeten door een wild jongetje, of afgepakt door zijn bezorgde moeder. Hij hield hem voor zijn ogen, kneep ze toe. Had hij maar een breed elastiek. Was er maar een kleinzoon in de buurt, aan wie hij in de duinen kon voordoen hoe je met een katapult moest schieten. Was Arne hier maar.

Hij schrok zo van deze gedachte dat hij het takje vlug terugzette. Omdat hij iets in zijn hand moest hebben pakte hij een grote dennenappel en betrapte zich erop dat hij hem meteen naar zijn neus bracht. Hij rook niet meer naar bos, of lag dat aan hem? Vanochtend toen hij langs de bosrand liep had hij de sparren wel geroken. Hij bekeek de bruine schubben. Geen twee dennenappels waren hetzelfde, of waren het sneeuwvlokken, schelpen, vingerafdrukken, handschriften? Het is normaal dat je je zo voelt, papa, zei Bea vaak. Ik kan het weten, iedereen die iemand verliest voelt zich zo het eerste jaar. Je moet geduld hebben. Hij klemde zijn hand om de dennenappel, voelde de harde schubben in zijn handpalm dringen. De gedachte dat iedereen zich zo voelde, had hem nooit kunnen troosten. Het was ook niet waar. Er bestond maar een Johanna, die er nu niet meer was. Daarom was hij naar het eiland gekomen, daarom moest hij de brief schrijven.

Hij draaide zich om naar de tafel, naar het vel waarop nog altijd maar zeven regels stonden...

'Ik ben nog niet zover,' zei hij en hij nam zich voor de komende uren nog maar wat indrukken te verzamelen. Langs het strand lopen, wie weet leverde dat iets op.

Hij had geen zin om al die indrukken meteen te gaan opdoen en zette eerst een kop thee voor zichzelf, met een zakje uit een halfvolle doos die op het aanrecht stond. De zon ging nu het zomertijd was pas na negenen onder. Daarna zou hij de brief af schrijven, hem posten, zijn laatste voorbereidingen treffen en zich uitkleden. Hij dronk zijn thee in een stoel naast de kachel en luisterde wat naar de radio, viel in slaap en schrok tegen half zeven wakker met een rammelende maag. Hij begreep het niet, die pannenkoek moest toch voldoende zijn voor de rest van de dag. Was het de zeelucht die hem zo vraatzuchtig maakte?

Johanna was de laatste dagen van haar leven juist minder en minder gaan eten, alsof ze voelde aankomen dat haar einde naderde en haar lichaam al die voedingsstoffen niet meer nodig had. De nacht voor de ochtend dat ze stierf moest ze, met krampen die nog het meest op barensweeën leken, naar de wc geholpen worden waar ze tot haar eigen verbazing nog een enorme drol draaide, 'een werkmansdrol' had ze gezegd. Het was alsof haar frêle lichaam zich binnenstebuiten keerde, haar darmen helemaal leeg en schoon moesten zijn voor ze kon sterven. Een meisje van elf, zo licht was ze toen ze haar in haar kist legden.

Hij liep naar de keuken, blij dat hij iets voor het avondeten in huis had. 'Als ik niks eet heb ik niet eens de fut voor een avondwandeling. Kan ik me zeker niet op de brief concentreren,' zei hij hardop, zette een pan op het vuur en opende een grote pot kapucijners. Haastig schroefde hij de deksels van de potten met zilveruitjes, augurken, appelmoes, en piccalilly: hij ging een Hollandse rijsttafel klaarmaken. Weggooien was bij nader inzien grove verspilling.

Hij zette een bakpan op het fornuis, deed wat boter in de pan en legde er twee speklapjes in. Haalde ze er vlug weer uit omdat hij Johanna hoorde zeggen dat de boter eerst moest spetteren voor je het vlees erin legde. Toen ze wist dat ze niet meer beter zou worden, had ze geprobeerd hem een paar eenvoudige gerechten te leren klaarmaken. Hij kon zich niet herinneren dat hij goed geluisterd had, maar blijkbaar was er toch iets blijven hangen. Anders was het niet te verklaren dat hij haar hoorde, niet alsof ze vlak achter hem stond maar in zijn hoofd, zo helder alsof ze het nu, op dit moment, zei.

Hij opende een paar keukenkastjes, op zoek naar kommetjes om de bijgerechten in te doen. Je laatste avondmaal at je niet uit potjes. Aan de binnenkant van een kast zat een briefje met punaises vastgeprikt, een handschrift met grote lussen: 'Wanneer u iets breekt, dient het gelijkwaardig vervangen te worden.' Hij bloosde, hij moest inderdaad goed oppassen, straks kon hij weer naar het dorp, op zoek naar een theepot met net zulke bleke bloemetjes. Hij had geen tijd meer om wat dan ook 'gelijkwaardig' te vervangen.

Hij was niet ontevreden over de maaltijd, de eerste serieuze maaltijd die hij had klaargemaakt sinds Johanna's dood. En ook over alle sporen die hij achterliet, bewijzen dat hij hier echt was geweest, geleefd had. Er waren nog vier augurken over. Hij deed ze terug in het potje, dat hij vooraan in de koelkast zette. Het gaf hem een prettig gevoel de onbekenden die na hem kwamen een plezier te doen. Hopelijk kwamen ze nooit te weten wat er in dit huis gebeurd was. Met welk doel hij het had gehuurd.

Het duurde eindeloos voor hij de keuken aan kant had, de pannen, het bord en bestek weer op hun plaats lagen. 'De gasten dienen het huis schoon achter te laten' stond er op een ander briefje, van dezelfde hand. Iedere keer wanneer hij de keukendeur achter zich wilde dichttrekken zag hij iets dat nog niet helemaal schoon was. Koffiedrab op de rand van de vuilnisbak, vet tussen de gaspitten, een lucifer die naast het blikje terechtgekomen was, augurkenpitjes in de gootsteen. Anderen moesten zijn kleren inpakken, zijn spullen bij elkaar graaien, maar hij kon ten minste zijn best doen het huis zelf zo ordelijk mogelijk achter te laten.

Toen hij de kamer in liep zag hij dat de zon alweer lager stond, als hij nog een wandeling wilde maken, moest hij nu gaan. Een vrouw in een bruine winterjas reed onder het raam voorbij en keek zijn kant op, vrij lang, vond hij, voor iemand op een fiets. Ze knikte alsof ze hem al jaren kende, onmiddellijk wendde hij zijn blik af en staarde langs haar heen. In het ontwijken van blikken was hij het laatste jaar heel behendig geworden. Waarschijnlijk ging ze ook naar het strand, net als hij dadelijk. Er waren daar om deze tijd vast heel wat mensen om de zon in zee te zien verdwijnen, te voetballen, een vlieger op te laten. Genoeg om over te schrijven, met een beetje geluk schreef de brief zichzelf.

De weg was leeg, en daardoor viel hem nu pas op hoe stil het was. Door de stilte hoorde hij beter, ieder geluid alsof het met een lijntje was aangezet: een scholekster hoorde hij, vlakbij, en aan de andere kant van het huis hoge kinderstemmen die bijna niet van scholeksters te onderscheiden waren. Hij liep naar het zijraam. Een man en een vrouw gooiden elkaar een frisbee toe, die hun roodharige kindertjes kraaiend probeerden te onderscheppen. De baby sliep waarschijnlijk al, over een halfuur zouden ze de andere kinderen naar bed brengen. Terwijl de man hen voorlas, zette de vrouw koffie of schonk twee glazen wijn in. Later, wanneer de kinderen sliepen, zouden ze eerst een tijdje bij het raam zitten praten en daarna met elkaar naar bed gaan. Dat zag hij, aan hoe de man naar de vrouw keek, haar aanraakte wanneer hij de kans kreeg en hoe zij deed alsof ze hem probeerde te ontwijken.

'Nee, nee dat kan niet.' Hij schraapte zijn keel nerveus; hij kon vanavond niet in zijn badjas naar zee lopen. Die buren of andere mensen in huisjes langs de Badweg, zouden hem kunnen zien langslopen, ook al was het nog zo donker. Een witharige man – met een gestreepte badjas aan, handdoek over de arm – zou misschien achterdocht wekken. Hij moest zijn zwembroek onder zijn kleren aantrekken. Een onderbroek in een handdoek rollen. Met dat rolletje onder zijn jas naar het strand lopen. Zich daar pas in het donker uitkleden. Zijn kinderen zouden zich afvragen waarom hij zo laat nog was gaan zwemmen, daar was niets aan te doen, die vraag kon hij niet voorkomen. Op ieder ander tijdstip was er altijd wel iemand op het strand.

In de zoom van zijn lichtblauwe handdoek zat een etiket met zijn naam, had hij bij het uitpakken gezien, dat er nog ingenaaid was door Johanna. Dat kwam goed uit. Tegen de tijd dat zijn dochters ongerust werden, omdat hij nog niets van zich had laten horen, had iemand de kleren en de handdoek op het strand gevonden. De politieagent zou alle hotels, pensions en de vvv bellen of ergens iemand geregistreerd stond met dezelfde naam als in de lichtblauwe handdoek. Niet vergeten kleren en handdoek zo neer te leggen dat de vloed ze niet kon wegspoelen. Als de handdoek met de naam verdween, zou de speurtocht naar hem ook veel moeilijker worden. Misschien werd een gezicht wel volkomen onherkenbaar als het maar lang genoeg in het water dreef en dan was de naam in de handdoek het enige houvast.

Hij huiverde. De vrouw die zojuist was langsgefietst droeg een winterjas. Het was vast kil aan zee nu de zon bijna onder was. 'Ik ben te moe,' zei hij tot zijn spiegelbeeld in het raam, 'voor wat dan ook.' Van al dat geregel en gesjouw, alles waar hij aan moest denken – o ja, het bonnetje van het parkeerterrein in Harlingen zo neerleggen dat ze er niet uren naar hoeven zoeken. Misschien moest hij het hele plan een dag uitstellen, één dag maar. Morgen met frisse moed opnieuw beginnen, een wandeling maken, een fietstocht langs het wad, en dan de brief schrijven. Morgen zou het hem vast minder moeite kosten. Maar het zou nog twee volle dagen duren voor hij de brief af had, en in een envelop deed, die hij zorgvuldig dichtlikte.

Zondag was hij al heel vroeg wakker geworden, uitgeruster dan anders. Thuis viel hij na twee glazen whisky altijd als een blok in slaap, maar werd dan na een paar uur alweer wakker. Daarna sliep hij nog wel, maar altijd licht en onrustig. Toen hij op zijn fiets stapte, hoorde hij de zeven-uur-boot aan de andere kant van het eiland loeien. Dat het de zeven-uur-boot moest zijn wist hij door het briefje naast de spiegel in de gang. Zijn horloge had hij niet om, dat lag nog altijd naast de blocnote op tafel, zodat hij niet vergeten kon het vanavond af te doen.

Het was een zachte, windstille zondagmorgen. Hij had een pak boterhammen gemaakt, een zure appel en een stuk chocola bij zich gestoken voor onderweg. Hij was niet van plan naar het huisje terug te keren voor hij genoeg stof had om over te schrijven. Tot nu toe had hij dezelfde weg genomen, de kortste naar het dorp en terug. Die ochtend sloeg hij een zijweg van de Badweg in, die eerst door het bos voerde waar hij gisteren langs gelopen was, en daarna een fietspad werd.

Zo ver hij kijken kon zag hij glooiende duinen, begroeid met gras, dat glinsterde van dauw. Hoewel hij nooit in een prairie geweest was, deed dit landschap hem denken aan de televisieserie *Rawhide*. Aan het begin van iedere aflevering reed een cowboy op zijn paard, met een lasso, door een kaal landschap. Die serie was zeker dertig jaar geleden uitgezonden, als het niet langer was, maar hij kon de titelsong nog neuriën. Al neuriënd kwamen de woorden vanzelf: *'Head them up, move them on, move them on, head them up, head them up, move them on, Rawhide. Move them on, head them up, head them up, move them on, move them ooon, head them uuup, Rawhiiiiiiide...'* Aan zijn rechterhand zag hij een smal pad het duin opkruipen. Daarachter moest de zee zijn. Hij hoefde alleen maar af te stappen, dat pad op te lopen en hij was er.

Al zingend schoof hij zijn handen dichter naar elkaar toe, alsof hij niet een stuur maar teugels vasthield. Er kwamen nog meer duinovergangen, minder steil ook dan deze. Hij rechtte zijn rug, keek om zich heen over de glooiende vlakte, zijn hand boven de ogen. Toen hij nog een jongen was, was zijn fiets meestal een paard, een paard dat hij kon laten draven, springen, steigeren zelfs. In de verte ging het pad omhoog en hij zette zijn fiets vast in een lagere versnelling om de vaart erin te houden, de wind door zijn haren te voelen, het beetje haar dat hij nog had.

'*Rawhiiiiide.*' Steeds luider ging hij zingen, vloeiender. '*Head them up, move them on...*' Hij kon zich niet herinneren wanneer hij zich voor het laatst zo had gevoeld, alsof hij met een katapult naar zijn kindertijd werd teruggeschoten, weer de jongen was die soms een cowboy werd. Een jongen die vaak alleen speelde, maar daaraan gewend was, een jongen die Johanna nog ontmoeten moest.

Rawhide, wat betekende dat? Was het de naam van de cowboy, de streek, of was het een kreet om koeien mee op te drijven? Vreemd dat een woord waarvan je de betekenis niet kende, en nooit gekend had, een leven lang in je hoofd bleef klitten, terwijl begrippen waarop je uren had zitten blokken uit je hoofd verdwenen zodra je ze niet meer gebruikte.

Zo fietste hij door, hij had geen idee hoe lang, toen het pad een weg kruiste, de enige asfaltweg op het eiland. Links, in de verte, lag het dorp, de lage huizen met hun oranje daken, de rode vuurtoren op het duin. Aan de andere kant van de weg was een smalle strook weiland, waar een wit paard graasde. Een echt paard. Hij stak over, legde zijn fiets in het gras, en liep naar het prikkeldraad. Het paard kwam al naar hem toe gesjokt. 'Maar ik heb geen klontjes voor je,' zei hij en toonde haar vlug zijn vlakke hand.

Ze begon zijn hand te likken. De grote, warme, rasperige tong gleed over de palm van zijn hand, deed zijn huid gloeien, niet alleen de huid van zijn hand maar zijn hele lichaam. Zijn adem stokte, zo warm en roezig werd hij ervan, alsof hij de naakte billen van Johanna aaide. Zo warm en roezig als toen hij nog een jongen was, en iedere avond naar een weiland in de buurt fietste om het zout van zijn handen te laten likken. Het was alsof het paard zijn bloed weer deed stromen, hem zijn lichaam teruggaf, krachtiger dan het sinds lang geweest was. Toen de raspende tong en de geur van het paard, de geur van nat gras en het droogvallend wad, toen dit alles hem te veel werd, trok hij zijn hand terug. Hij sloot zijn ogen, want zo fel blikkerde het licht in de plassen op het wad dat er tranen in zijn ogen schoten. Op de tast streelde hij haar warme hals en voorzichtig, met twee vingers, ook haar bovenlip, dankbaar, verlegen.

Hij boog zich weer over de brief. Hij probeerde het pad voor zich te zien dat hij, een keer heen, en een keer terug, met wind tegen, was afgefietst. *Vanochtend heb ik een lange fietstocht gemaakt*. Het was een vertrouwd gevoel geweest, met zijn handen naast elkaar te fietsen, steeds weer dezelfde regels te zingen en niemand die geërgerd zei: 'Nu even iets anders.' Misschien had hij dat thuis ook eens moeten doen. Buiten miste hij Johanna ook, maar anders. Alsof ze er wel was, alleen niet zichtbaar. Alsof ze zich verschool tussen het helmgras op een duin, in een geur, in het oor van een paard. Hij bracht zijn handen naar zijn gezicht. Ze roken nog naar paard, voorlopig zou hij ze niet wassen. In Ede had je geen duinen, maar wel hei en stille fietspaden. Je kon mensen ontlopen door in bed te blijven, maar ook door vroeg op te staan als er nog geen mens op was.

Bea had zich na haar scheiding zo doorzichtig gevoeld dat ze de eerste maanden uitsluitend in het donker de hond durfde uitlaten, wanneer iedereen televisie keek of naar bed was. En als ze overdag naar de bakker moest, kocht ze niet wat ze nodig had maar veel te veel, zes broodjes, zes krentenbollen, zes gevulde koeken, alsof haar man thuis gewoon op haar wachtte, en ook haar kinderen die allang het huis uit waren. Toen An hem dat vertelde, had hij geïrriteerd zijn schouders opgetrokken, nu schaamde hij zich voor zijn onbegrip.

Waarschijnlijk hoorde dit erbij, spijt en schaamte over dingen die hij niet meer veranderen kon. Vlak voor je dood scheen je flitsen uit je leven te zien, dit was net zoiets. Alleen waren het bij hem geen flitsen, maar herinneringen. Zijn eind kwam dan ook niet onverwacht, integendeel, hij leefde er al maanden naartoe. Op nieuwjaarsdag – de eerste zonder Johanna – toen hij op de televisie hordes mensen joelend de zee had zien inlopen, was hij op het idee gekomen.

Nu alleen nog de brief. Eerst het woord, dan de daad.

Hij legde zijn pen neer, liep naar het raam, en vandaar weer naar de schouw, langs de dennenappel en de katapult. Misschien was er iets op televisie dat hem kon afleiden, als hij met één oog televisie keek, niet zo vreselijk zijn best deed op de brief, ging het vast gemakkelijker. Op de televisie lag, onder een glazen asbak in de vorm van een zeester, een folder van Staatsbosbeheer: *Drie wandelroutes langs de mooiste plekjes*. Hij sloeg de folder open. 'Vlieland, veelzijdig en dynamisch eiland' luidde de kop boven de tekst op bladzijde drie. Dynamisch, geen woord voor hem. Hij bladerde verder, naar een hoofdstuk dat 'Uitwaaien in de duinen' heette. 'Deze wandeling voert u door een landschap dat bestaat bij de gratie van de wind...' Bij de gratie van de wind was beslist een modelzin, maar ze zouden zich afvragen waar hij het vandaan haalde. Hij legde de folder weer op zijn plaats, schoof de glazen zeester eroverheen en bukte zich om de televisie aan te zetten.

Op zondagochtend waren er altijd dreunende orgels, galmende preken, close-ups van bloemstukken en koren die 'o, Heer, o Heer' zongen. Het scherm bleef grijs. Hij drukte de knop nog eens in. Probeerde andere knoppen. Drukte steeds driftiger. Sloeg met zijn vlakke hand tegen de zijkant van het toestel. Trok het naar zich toe. Controleerde of de stekker in het stopcontact zat, maar het enige beeld dat hij zag was de reflectie van zijn knieën in het glas.

Veel meer zou hij ook niet te zien krijgen vanavond, wanneer hij wachtte tot het tijd was om zijn plan ten uitvoer te brengen. Een donkergrijs vierkant, met ronde hoeken, een grijze tunnel, niets, niets, zelfs geen sneeuw, geen spelletjes, geen afleiding van gedachten die onvermijdelijk zouden komen. Hoe koud zou het water zijn? Zou hij geen kramp krijgen in al zijn spieren, niet half stikken door het zoute water dat maar in zijn neus bleef stromen, zich verslikken, naar adem happen? Hij zag zichzelf: alleen nog twee armen die zwaaiden naar het strand waar niemand meer liep. Niemand die zag dat een golf hem meesleurde, steeds verder weg. Niet aan denken, niet zwak zijn. Als hij zich zijn daad al te precies voorstelde, werd hij nog bang, zou hij terugdeinzen. Wanneer het eenmaal zover was zou hij zijn blik op de horizon gericht houden en zwemmen, zwemmen tot hij niet meer kon.

'Kom op ding!' Hij sloeg met zijn vuist op het toestel, zo hard dat de asbak opwipte en op de vloer viel. Op het moment dat hij het ding zag vallen, schoot door hem heen dat hij het zou moeten vervangen, op zondag, de enige dag dat Houters Warenhuis gesloten was. O nee, dat hoefde hij niet. Hij kon die geboden die overal hingen – tot op de wc toe – ook negeren. Dat kon hij best. 'Denk niet bij het laatste vel, wie na mij komt die redt zich wel.' Waar bemoeiden ze zich mee! Niemand hoefde hem te vertellen wat hij moest doen of laten, doorleven of er een eind aan maken. Die gesneuvelde asbak kon hem niet dwingen zijn plan nog een dag uit te stellen, tot maandag te wachten, alleen omdat de winkels dan weer open waren. Hij boog zich over de televisie en zag wat hij al wist toen hij de klap hoorde: dat de glazen zeester heel was, volkomen gaaf.

Hij was het huis uitgelopen, omdat hij het niet meer wist. Niet meer zeker was wat hij nou liever had: dat de zeester heel was, of kapot.

Maandagmiddag. De tafel om de blocnote was steeds voller geworden, terwijl op het bovenste vel briefpapier nog altijd maar acht regels stonden. Naast het horloge en het veertje lag nu ook een plattegrond van de vvv, waarop hij een paar paden had aangekruist, bewijzen van wat hij allemaal nog van plan was. Onder het lege vaasje lagen twee bonnetjes van de geldautomaat: steeds weer bleek hij allerlei uitgaven te moeten doen. En wat verder nog? Een bleekroze eierschaal met donkerblauwe spikkels die net inktspatten leken, gevonden op het pad vlak bij de voordeur, alsof iemand hem daar had neergelegd; ansichtkaarten, waarop hij alleen de adressen had geschreven; het bonnetje van het parkeerterrein in Harlingen; een rekening van het Italiaans restaurant waar hij zondagavond was gaan eten.

Om iets te doen te hebben, had hij een verfomfaaide pocket, een detective, van de boekenplank meegenomen en terwijl hij op zijn bestelling wachtte en tussen de gangen door, had hij het boek voor zich op tafel gelegd. In het geroezemoes van pratende, etende mensen was het hem gelukt een paar bladzijden te lezen. 's Avonds voor het slapengaan had hij het hoofdstuk uitgelezen en vanochtend, toen hij zag dat het te hard regende om naar buiten te gaan, was hij in een nieuw hoofdstuk begonnen. Zo nu en dan keek hij vanuit zijn ooghoeken nieuwsgierig naar de pocket, die op de stoel naast hem lag. Hij zou wel willen weten hoe het verhaal afliep.

Hij verschikte wat dingen. Het was inmiddels zo vol op tafel dat hij amper ruimte had om zijn onderarmen op het tafelblad te laten rusten. De rekening van de pizzeria lag onder een pakje voor Bea, een rond doosje beplakt met schelpen, souvenir van het eiland. Voor de tweede maal haalde hij het cadeaupapier er voorzichtig af om het doosje te bekijken. Hij wist zeker dat ze verrast zou zijn dat hij nog wist dat zij als kind al gek op zulke doosjes was. Toch zou hij haar gezicht willen zien – ja, dat wilde hij, erbij zijn wanneer ze het uitpakte. De roze, witte en gele schelpen op het doosje waren gelakt, waardoor het leek alsof ze zojuist waren aangespoeld. Dat schelpen bij de vloedlijn er zo uitzagen, wist hij van lang geleden. In al die dagen was hij nog niet aan zee geweest.

Ik kan jullie wel schrijven hoe het hier is, maar ik vertel het jullie liever. Aan het eind van de middag schreef hij de zin, waar hij al zo lang tegenaan hikte. Al toen hij zag dat de zeester heel was. Of eerder, toen het paard zijn hand begon te likken. Of nog eerder, tijdens de fietstocht al, toen hij begon te zingen en niet meer kon ophouden? Misschien was die zin al door zijn hoofd geschoten toen hij de eerste middag op het terras bij de haven, in de zon, een pannenkoek at met spek en stroop.

Hij wist niet precies wanneer hij van zijn plan was afgedreven en het kon hem al niet meer schelen. Toen hij de zin overlas, wist hij dat het waar was: dat hij zijn dochters wilde terugzien.

Vanmiddag toen het droog was, heb ik een poosje op een bank bij het wad gezeten. In de verte liepen twee jongetjes in witte hemdjes, met opgerolde broekspijpen over het wad. Op zoek naar krabben, mossels? Van een afstand waren het net lepelaars, op hun dunne blote pootjes. Hun schepnetten, waarmee ze het water aftastten, net brede snavels.

Terwijl ik daar zat, met mijn schoenen aan, herinnerde ik me hoe het was om met opgerolde broekspijpen over het wad te lopen. Het zout dat in een schram bijt. De modder die opkruipt tussen je tenen, over je voeten heen. Het zware, zuigende gevoel wanneer je een stap verzet, niet weten hoe ver je zult wegzakken. Soms hoef je alleen maar naar iets te kijken of, zoals ik nu doe, het je heel precies voor te stellen om te weten hoe het is. En dan ga je ernaar verlangen, of je deinst ervoor terug.

Misschien waag ik me wel een keer op het wad. Maak je geen zorgen, er zijn excursies waarbij je je kunt aansluiten. Maar dan moet het toch eerst een paar dagen achter elkaar zo warm blijven als het vanmiddag was. Het water is nu nog veel te koud en ik ben niet zo'n held. Ik moet stoppen, dan ben ik nog net op tijd bij de brievenbus. Anders ben ik eerder bij jullie dan deze brief, liefs papa.
P.S. Misschien moet jij hier ook eens een week naartoe Bea, en An ook, de jongens zouden het hier heerlijk vinden. Ik zou Arne kunnen leren hoe hij met een katapult moet schieten, in de duinen om het huis is ruimte genoeg. Wie weet volgend voorjaar?

Hij deed de brief in de envelop die hij thuis al had geadresseerd, trok zijn jas aan en liep naar de brievenbus. Toen hij zag dat de telefooncel onder aan de weg vrij was, besloot hij Bea te bellen. Hij wilde haar stem horen.

IV

Toen ze het dorp binnenreden, begon het hard te regenen. Simone en de kinderen vluchtten een café in om poffertjes te eten. Het was daar meestal nog leeg om deze tijd, maar vandaag waren er al een paar tafels bezet. Door gezinnen met kinderen die nog niet naar school hoefden, net als Karlien en Roos. Naast de grote gietijzeren kachel zat een echtpaar van de leeftijd van haar ouders, midden zestig. Simones moeder had gezegd dat het haar zo leuk leek 'en papa ook' hen te komen opzoeken. Nu ze dichtbij vakantie hielden, kon het eindelijk eens. Simone had het uit alle macht afgehouden: de vakanties waren van haar gezin, daar kon niemand bij.

Terwijl ze haar dochters uit hun jassen hielp zag Simone dat een hoogblonde, zeer gebruinde vrouw die met een man aan het tafeltje tegenover hen zat, haar nieuwsgierig opnam. Even vroeg Simone zich af of ze elkaar ergens van kenden, maar het was een vorsende blik, waaraan zelfs haar doorweekte witte gymschoenen niet ontkwamen. De vrouw bekeek haar en de twee kinderen, zag geen man en trok haar conclusie: een verpieterde alleenstaande vrouw, op vakantie in de regen, met twee kleine kinderen. Iemand met wie zij niet zou willen ruilen. Simone zag het aan het meewarige glimlachje.

Geamuseerd haalde ze de tekenspullen uit haar rugzak. Ze hoopte maar dat haar dochters niet over hun vader zouden beginnen. Het was veel te leuk om even voor gescheiden door te gaan en zich erop te verheugen hoe de vrouw zou reageren, straks wanneer Nils het café binnenkwam en haar de krant gaf en een zoen.

Toen ze schetsboek en potloden op tafel legde, voelde ze nog iets zwaars onder in de rugzak. Het bleek een dik boek, de kinderbijbel die haar moeder vlak voor ze met vakantie gingen aan Roos en Karlien had gegeven.

'Heb jij die erin gestopt?' vroeg ze aan haar oudste dochter.

Karlien knikte. 'Papa zou me dat ene verhaal nog een keer voorlezen.'

'Welk verhaal?'

'Over die jongen met die spijkers in zijn handen.'

Karlien keerde haar handpalmen naar boven om te tonen waar de spijkers zaten. Simone wierp vlug een blik op Roos, maar die zat ingespannen te tekenen en keek niet op of om.

'Jezus bedoel je,' zei Simone op gedempte toon.

'Ja, Jezus.'

'Laat dit boek voortaan maar thuis, lieverd. Hier kan papa je toch niet voorlezen.'

'Maar als het nou weer de hele dag regent? Gisteren heeft hij Roos ook voorgelezen, in Het Posthuis.'

'Ik moet het allemaal maar meesjouwen.'

Een paar maanden geleden was Karlien uit school gekomen met de mededeling dat er iets vreselijks was gebeurd. Niet weer een ongeluk, dacht Simone, dat zou het tweede kind zijn, binnen een jaar, dat bij de torenflat wordt overreden.

'Er is iemand aan een kruis gespijkerd,' vertelde Karlien, 'hij heeft daar uren gehangen. En niemand deed wat.'

Ze had het die ochtend gehoord, tijdens het versieren van de palmpaasstokken en vertelde het op een toon alsof het ook zojuist gebeurd was, ergens op een woonerf vlakbij. Ze stond al met de telefoon in haar hand om Nils te bellen en kon maar niet geloven dat hij het al wist. Als hij het wist en Simone ook, waarom hadden ze haar dan nooit iets verteld?

Simone stopte het boek terug in haar rugzak en boog zich voorover om te zien wat haar kinderen aan het tekenen waren. Roos was nog in de krasfase waarin de beweging van het potlood belangrijker leek dan wat er op het papier verscheen. Minutenlang maakte ze dezelfde ritmische beweging, je hoorde haar altijd tekenen. Karlien tilde zo nu en dan haar potlood even op, keek uit het raam en dacht na. Karlien tekende al mensen, hoofden waar sprietige haren uit kwamen, en armen die net harken leken, en twee dunne strepen, bij wijze van benen, die helemaal tot aan de rand van het papier liepen. Rond Pasen had ze uitsluitend kruizen getekend, met een sprietige Jezus eraan met enorme spijkers door zijn handen, maar gelukkig was dat ook maar een fase.

Het krassende geluid hield op. Meestal schoof Roos haar tekening dan met een vragend gezicht naar haar toe en moest zij iets zeggen, maar Roos had haar tekening nog voor zich en wees met haar potlood naar buiten.

Onder de luifel van het café stond Nils met onder zijn linkerarm de krant, en in zijn rechterhand een zaktelefoon. Karlien keek nu ook op. Ze wisten wel dat hun vader deze vakantie overal waar ze naartoe gingen, zelfs op het strand, steeds die telefoon bij zich had, maar omdat het apparaat tot nu toe nooit gerinkeld had, waren ze het een beetje vergeten.

'Met wie belt hij?' vroeg Karlien.

Simone was niet dol op mannen met zaktelefoons,

en al helemaal niet op mannen die tijdens hun vakantie onder de luifel van een poffertjescafé met hun baas belden. Ze vermeed het de vrouw tegenover haar aan te kijken. 'Papa belt niet. Hij wordt gebeld, door kantoor denk ik.'

'Waarom?'

'Er verandert daar van alles. Sommige mensen krijgen andere banen, en er moeten mensen ontslagen worden.'

'Waarom moeten die mensen geslagen worden?'

'Ont-slagen. Dan kunnen ze daar niet meer werken omdat er geen werk meer voor ze is.'

'Krijgen ze dan ook geen geld meer?'

Terwijl ze Karliens vragen beantwoordde, dwaalde haar blik af, naar het raam. Ze begon toch wel nieuwsgierig te worden wat de 'grote verschuivingen' die al maanden ophanden waren voor gevolgen hadden. Nils had gezegd dat het niet ondenkbaar was dat hij een paar dagen terug moest, naar het hoofdkantoor in Nieuwegein. Ze had zich er al bij neergelegd. Gelukkig hadden ze Duinroos voor drie weken gehuurd.

Ze probeerde te zien hoe Nils keek. Opgewonden, ernstig, gespannen? Hem konden ze niet ontslaan, hij werkte al twaalf jaar voor ze. Hij was een 'loyale' kracht, hadden ze verschillende malen gezegd, begin januari nog, bij het laatste functioneringsgesprek en toen hadden ze hem ook opslag gegeven. De oude Lakenman had veel vertrouwen in hem, altijd gehad. Toen Nils zich al telefonerend even omdraaide en haar zag, wendde hij zich abrupt af. Hij stond nog steeds voor het raam, met zijn rug nu helemaal naar hen toegekeerd, en nam daardoor het laatste licht weg dat door de kleine ruitjes naar binnen viel.

Het werd weer lichter op tafel en even later kwam Nils in een ruisende poncho het café binnenstappen; hij had iets dreigends in zijn houding. Door het lage balkenplafond lijkt hij alleen maar groter, dacht ze, en in die legergroene poncho is hij net een militair. Een liedje schoot door haar hoofd, over een haasje in een knollenland: '... en toen kwam er een jagers-jagersman en die heeft er een geschoten...' Ze keek hem vragend aan, maar hij ontweek haar blik en bleef op enige afstand van hun tafel staan.

'Gaan we?' vroeg hij en tikte ongeduldig met zijn opgerolde krant op de leuning van een stoel.

'We hebben net poffers besteld.'

'Ik heb geen honger.'

'Maar de kinderen wel. Ga zitten, trek dat ding uit.'

Nils trok zijn natte poncho niet uit, ging wel zitten maar op de punt van een stoel, alsof hij ieder moment weer kon opspringen. Ze boog zich naar hem toe en vroeg wie dat was, aan de telefoon.

'Edward.'

'Moet je terug?'

'Nee.'

'Nou dat is goed nieuws. Toch?'

'Waarom zitten we hier?' vroeg Nils, zo bars dat de vrouw achter hem opkeek.

'Ben je ontslagen, papa?' vroeg Karlien.

Simone voelde een scheut van paniek door zich heen gaan. Had hij de verschuivingen die ophanden waren verkeerd ingeschat? Werd haar man, die zich twaalf jaar lang een ongeluk had gewerkt voor een bedrijf in systeemplafonds – een product waar hij met geen van hun vrienden over kon praten omdat niemand ooit omhoogkeek – werd die man aan wie zij elke avond vroeg hoe het was geweest, of hij nog orders geboekt had, er van de ene op de andere dag zomaar uitgegooid? Dat kon toch niet waar zijn?

'Zijn we nu arm?' vroeg Karlien, en sjorde aan haar mouw. 'Mag ik dan een krantenwijk?'

'Ik ook, ik ook,' riep Roos.

'Nee, we zijn niet arm.' Simone liet haar blik vliegensvlug door de ruimte gaan. Ze moest Nils een minuut alleen spreken. 'Kijk eens Karlien, de poffers worden omgedraaid. Ga er maar even heen.' Ze zette Roos op de grond, gaf Karlien een teken dat ze haar zusje een hand moest geven, en boog zich snel over tafel.

'Wat heb je?'

De poncho ritselde, geërgerd woof hij haar vraag weg. Hoewel ze een voorgevoel had dat hij zijn arm wel eens kon terugtrekken, haar bruusk van zich afschudden, legde ze haar hand op het nylon, daar waar zijn elleboog zich aftekende.

'Waar ging dat telefoontje over?'

Hij keek haar niet aan terwijl hij achterover leunde, zijn armen onder de poncho over elkaar sloeg en zei: 'Dennis Bokhoven is commercieel directeur geworden.'

'Dus je moet wel terug?'

'Nee, als ík het was geworden, had ik misschien terug gemoeten.'

'Mama,' riep Karlien, 'die poffertjes zijn net wangetjes, zegt Roos, oma's wangetjes.'

Simone lachte opgelucht en probeerde ook een glimlach aan Nils te ontlokken. 'En, is dat erg? Dat hij wel, en jij niet?'

Hij haalde zijn schouders op.

'Het gaat toch goed met je werk? Je bent toch tevreden met wat je doet...'

'Dennis is zeven jaar jonger dan ik, net zesendertig. Nog geen jaar bij ons.'

'Maar jij wilde die baan toch niet, voorlopig niet? Je zei laatst nog dat een commercieel directeur bij jullie veel meer moet reizen. En dat jij dat niet zou willen nu de kinderen nog klein zijn.'

In de stilte die op haar woorden volgde, keerden Karlien en Roos bij de tafel terug. Karlien keek van haar vader naar haar moeder en vroeg: 'Moet papa terug?'

'Kijk, daar zijn jullie poffers.'

Simone stond op om de stoel van Roos aan te schuiven, servetten in truien te proppen. Ze stortte zich in alle mogelijke handelingen om het vertrokken gezicht van haar man, de lippen die nu nog maar twee streepjes waren, zo dun als alleen Karlien ze kon tekenen, niet te hoeven zien. Ze moest het onderwerp maar even laten rusten, tot hij van de eerste schok bekomen was. Maar toen de kinderen zich over hun bordjes bogen en er een stilte viel, kon ze het niet laten en vroeg: 'Waarom is het zo erg dat hij wel en jij niet, als jij die baan toch niet wilde?'

'Ze hadden me ten minste kunnen polsen.'

Vrijwel tegelijkertijd, alsof hij spijt had van zijn bekentenis, stond hij op. Hij wilde naar buiten, zei hij, fietsen. Hij had het benauwd, het was hier te laag, te donker.

'Als je even wacht, hebben de kinderen hun wangetjes op en gaan we allemaal naar buiten. We hebben nog niet eens betaald.'

Hij legde zijn portefeuille op tafel.

'Ik ben zo klaar, papa, mag ik met je mee?' vroeg Karlien. 'Wacht nou...'

Maar Nils was al weg.

'Waarom gaat-ie weg, zonder mij?' klaagde Karlien. 'Hij zou me nog voorlezen.'

Simone zoog haar onderlip naar binnen en probeerde

tegelijkertijd te glimlachen. 'Papa wil even alleen zijn.'

'Waarom?'

'Soms willen grote mensen even alleen zijn. Om na te denken.'

Karlien was de eerste die zich afvroeg hoe ze thuis moesten komen, nu haar vader wegreed op de enige fiets met een kinderzitje, het zitje van Roos.

'Het zitje!' siste Simone en tikte driftig tegen het raam, maar Nils hoorde haar niet, hij was al uit het zicht verdwenen. Toen ze terugdraaide, keek ze recht in het gezicht van de blonde vrouw. Haar mond hing een beetje open. Ze kwijlde bijna van willen weten wat hier precies aan de hand was en hoe het zou aflopen.

Op dit uur was het dorp op zijn drukst. Nils moest voortdurend zijn fietsbel laten rinkelen om de slenterende, ijsetende, bolderkarren voortzeulende mensen te kunnen passeren. Hij wilde de grootste omweg naar huis nemen, de Postweg af langs het wad. Hij reed de Dorpsstraat uit, langs de rode vuurtoren, hoog op het Vuurboetsduin. Daarna kwam er een lang stuk met ritselende bosjes met bladeren die wel van zilver leken. Van dit stuk hield hij het meest. Op bewolkte dagen zoals nu wanneer de Waddenzee grijs was, werd het gras op de dijk ook grijsgroen, en leken de bladeren van de bosjes aan beide kanten van de weg nog een tint lichter, alsof het zout het groen eruitgebeten had. Daar zag hij de schimmel van Sinterklaas al, waarvan zijn dochters beweerden dat ze hier vakantie hield; anders stapte hij altijd af om haar te aaien, nu fietste hij hard door.

Aan het eind van de weg zou hij bij Het Posthuis de duinen in slaan. Hij moest het kwijt, wat het ook was dat bezit van hem genomen had toen hij voor het café in de Dorpsstraat Edward aanhoorde. Hij moest het eruit fietsen. Mannen gingen naar de sauna om hun kater uit te zweten en vrouwen iets dat ze kwade sappen noemden, hij moest Dennis uitzweten.

Wanneer hij als kind bedrukt uit school kwam, zei zijn moeder altijd dat hij moest nagaan wat er gebeurd was die dag. Er was altijd een oorzaak, had zijn moeder hem geleerd, als je goed zocht, kwam je er wel achter. Stap voor stap, alsof je de rode lintjes volgt in een vossenjacht. Maar een bui kon hij dit niet noemen, een bui kwam aandrijven, dit leek meer alsof de bliksem was ingeslagen. Simone had gezegd dat ze het niet begreep, 'maar jij wilde die baan toch niet...'

Hoe moest hij iets uitleggen dat hij zelf niet begreep? Hij deed zijn werk met plezier, meestal. Hij werd gewaardeerd, had goede contacten in de bouwwereld. Op den duur, over een jaar of wat, had hij commercieel directeur willen worden, maar nu nog niet, dacht hij – tot vanochtend. Hij was er voetstoots vanuit gegaan dat een van de oudere, meer ervaren area-managers, iemand als Edward, de baan zou krijgen. Iemand voor wie hij respect had. Over een paar jaar, wanneer Edward ermee ophield, zou hij commercieel directeur worden.

Hij schudde zijn hoofd. 'Ik begrijp het niet... Hoe is het hem gelukt?' Dennis Bokhoven was net zesendertig, zat nog geen tien maanden op marketing, was binnengehaald door de jonge Lakenman, die 'nieuw bloed' in het bedrijf wilde. 'Als ik binnen een jaar niet zit waar ik zitten wil, ben ik weg,' had Dennis zich laten ontvallen. In zijn nieuwe baan zou hij honderdveertig-, nee meer, honderdzestigduizend gaan verdienen.

Hij balde zijn vuisten om het stuur. 'Wat ik verdien is niet het allerbelangrijkste,' zei hij knarsetandend. Dat was het nooit geweest. Hij kon het niet uitstaan dat hij geen oog had voor de zilveren bosjes, de grijze, bijna zwarte wolken die over het wad voorbijdreven, de weidsheid van het eiland, en alleen maar zat te rekenen. Hoeveel duizenden guldens Dennis meer ging verdienen. Hoeveel meer dan eerst, en hoeveel meer dan hij. En hoeveel meer dan hij toen hij zo oud was als Dennis.

Bij de fietsenwinkel had ze een zitje voor Roos gehuurd en daarna waren ze rechtstreeks naar huis gereden. Daar hadden ze de schelpen die ze 's ochtends op het strand hadden gevonden afgespoeld in de douche. Later had ze Roos in bed gelegd en Karlien met *Mijn eerste leesboek* en een deken op de bruine bank. Na een paar minuten staren was Karlien ook in slaap gevallen.

Als Nils nu gauw thuiskomt kunnen we tenminste praten, dacht Simone. Ze wilde weten of de oude Lakenman hem die baan had beloofd, en of de jonge Lakenman zo'n belofte zomaar kon negeren. Van tijd tot tijd liep ze naar het raam. Ze hield niet van wachten. Thuis wachtte ze ook nooit op hem, daar was geen beginnen aan. Hij was nooit voor half acht thuis, als hij tenminste niet in het buitenland zat. Doordeweeks ging ze haar eigen gang, dat was ze gewend. Er zat iets vernederends in hunkerend uit het raam kijken, of op je horloge. Zelfs als hij de weg via Het Posthuis had genomen, had hij er allang moeten zijn.

Toen de kinderen tegen half drie wakker werden, had de wind de hemel schoongeveegd. Ze verzamelden handdoeken, zonnekleppen, emmers en schepjes en lieten een briefje achter: 'Wij zijn op het strand, waar we altijd zitten.' Om het kwartier, al vanaf het moment dat ze wakker waren, vroegen de kinderen waar hun vader bleef. Hij had gezegd dat hij 'even' alleen wilde zijn. Even was allang voorbij. Als ze thuis zei dat zij nog even televisie mochten kijken, duurde het veel korter. Ze probeerde haar geduld niet te verliezen, maar ten slotte schoot ze uit haar slof: 'Weet ik veel, vraag het hem zelf.'

Karlien nam het voor haar zusje op en zei: 'Maar mama, dat kan Roos toch helemaal niet. Ze weet niet waar hij is en dan verdwaalt ze.' Simone zag een tekening voor zich uit *Wim is weg*, een van Karliens favoriete Gouden Boekjes over een jongetje dat wegfietste op de driewieler die hij voor zijn verjaardag had gekregen. Het moederschap had haar niet alleen kinderen gegeven, maar ook de angst ze te verliezen, in een warenhuis, in een groot donker bos.

Om het goed te maken gingen ze een ijsje eten bij het houten strandpaviljoen aan de voet van het duin waar de Badweg eindigde. Daarna waren ze naar een groepje jongelui blijven kijken, dat volleybal speelde over een gescheurd net. Andere jaren deden zij ook altijd spelletjes op het strand, stand in de mand en discuswerpen met een steen. Hier was het er nog niet van gekomen, maar ze hadden de tijd, ze waren er nog geen week.

Toen ze terugliepen naar hun plek bij de strandpaal, zag Simone vanuit de verte Nils al, hij moest een andere duinovergang genomen hebben. Hij lag languit op het oranje-gele badlaken met alleen een zwembroek aan en een zwarte zonnebril op zijn ogen. Zijn grote, witte voeten wezen naar buiten. Slaap deed hem altijd goed, wanneer hij wakker werd was alles weer in proportie. Hij zou zijn excuses aanbieden, zich schamen over het zitje van Roos. Daarna zouden ze met de kinderen tussen hen in naar zee lopen, voelen hoe koud het water was, gillen tegen de golven, wedden wie het eerst door was.

Ze besloot hem te laten slapen. Wat was er heerlijker dan in slaap gesust te worden, en gewekt, door het ruisen van de branding. Als hij niet vanzelf wakker werd zou ze voorzichtig een beetje warm zand over zijn buik laten stromen, over het blote stukje tussen zwembroek en navel. Of zijn voeten insmeren met olie. Die vergat hij altijd, zijn wreven werden elke zomer kreeftrood. Maar voor ze bij hem was, voor de kinderen hem riepen, schoot hij naar voren, met een schok alsof hij een vouwstoel was waar iemand een klap tegen gaf. Hij keek recht voor zich uit naar de zee. De blik in zijn ogen kon ze door de donkere glazen niet zien, maar wel dat zijn lippen onophoudelijk bewogen, dat hij als een razende tekeerging. Hij leek wel een stripfiguurtje in een tekenfilm waarbij het geluid was weggevallen.

In de dagen daarna trad er geen verbetering op in wat Simone in gedachten 'de toestand' noemde. Ze beschouwde het als een virus dat hij moest uitzieken. Iedere zomervakantie gebeurde er iets waardoor er een paar dagen in het water vielen, dit jaar was het Dennis. Een van de dingen waaraan ze merkte hoe zwaar hij de toestand opnam, was dat hij nergens meer om kon lachen.

De ochtend na het telefoontje stond hij nog onder de douche, toen zij al aan het ontbijt zaten. Ze had hem al een paar keer wakker geschud – in de vakantie probeerden ze altijd samen te ontbijten – maar hij had slecht geslapen, ze moesten maar vast beginnen. Toen hij uit de douche kwam, was er nog niets te zien. Roos was de eerste die het opmerkte. 'Papa, ander haar?' Toen pas zag Simone het ook. 'Wat heb jij gedaan?' vroeg ze.

'Mijn haar gewassen.'

Terwijl hij naar de spiegel naast de deur liep, haastte zij zich naar de douche, opende de pedaalemmer en zag een lege shampoofles, 'Henna-shampoo, voor natuurlijk rood haar'. En toen werd hij woedend, eerst op haar, toen op de kinderen die maar bleven giechelen, ten slotte op die hondsvotten die hun troep hier hadden achtergelaten. Onverantwoordelijk, gevaarlijk, beweerde hij op hoge toon. Wie weet wat er allemaal niet nog meer rondslingerde?

'Het staat je goed, zo'n rode gloed.'

'Ik lijk wel een kapper. Dit ben ik niet.'

Simone wilde zeggen dat zij hem ook niet meer herkende. Door dat strakke gezicht, waarvan de kaaklijn steeds scherper leek te worden, de kin net een hoek van een tafel waaraan kinderen zich bezeerden. Door zijn kribbige toon, zijn manische blik. Maar in plaats daarvan zei ze zo luchtig mogelijk dat het er na drie keer wassen wel uit was.

Alles maakte hem onzeker. Zelfs de tekening die Karlien hem later die dag gaf, om hem op te vrolijken. Ze kwam naast hem zitten, op de leuning van de bank en sloeg haar arm om hem heen, en zei dat ze hen getekend had, mama en hem.

'En wie van de twee is papa?' vroeg hij.

'Die.'

'Die kleine aardappel, met die rode stekels?'

'Ja,' zei Karlien, 'maar het zijn geen aardappels, jullie zijn het.'

'Maak maar een nieuwe,' zei hij en hoorde hoe bot het klonk. 'Het klopt niet. Papa is toch veel groter dan mama?'

Karlien gleed van de leuning en drukte de tekening tegen zich aan. Simone keek Nils fronsend aan, streek haar dochter over haar hoofd en zei dat ze samen een mooi plekje gingen uitzoeken voor deze prachtige tekening. Terwijl ze ermee door de kamer liep legde ze hem nadrukkelijk uit, alsof ze het tegen een dove had, dat in een bepaalde fase kinderen de moeder altijd groter afbeeldden. Omdat de moeder nu eenmaal het vaakst thuis is. Het meest om hen heen. 'Bij ons zeker.'

Argwanend keek hij haar aan. Karlien tekende hem zoals ze hem zag: een onbeduidend mannetje met rode stekels en dunne beentjes, een tweederangs figuur.

'Je moet er niets achter zoeken,' zei Simone.

Dat hij er vooral niets achter moest zoeken, maakte hem alleen maar achterdochtiger.

Het kostte haar iedere dag meer moeite haar ontreddering te verbergen. Hij had gelijk, ze was te toegeeflijk. Ze verwende de kinderen schromelijk met als resultaat dat ook zij steeds ontevredener werden. De ene dag beweerde ze dat er gekozen moest worden tussen een diabolo en een vlieger, maar de volgende dag slingerden er twee diabolo's en twee vliegers in huis rond. Aan het eind van diezelfde middag fietste ze door weer en wind naar het dorp voor een potje bellenblaas, omdat Roos nog te klein bleek voor een diabolo. Haar enige verweer was dat ze het gevoel moest wegnemen, bij Karlien vooral, dat het hun schuld was dat hij zo vaak tegen de kinderen uitviel. Voorlezen ging hem nog het best af. Het leek wel alsof hij er zoveel mogelijk boeken doorheen joeg om maar niet zelf iets te hoeven verzinnen. Aan zijn stem hoorde ze dat hij er met zijn hoofd niet bij was. Of hij nu de *Hondenmatroos* voorlas, *Heintje Treintje*, of *Jezus in de olijfhof*, hij raasde over de zinnen heen alsof hij op de hielen werd gezeten.

Iedere avond hoopte ze dat hij morgen bij het wakker worden anders uit zijn ogen zou kijken, maar iedere keer werd ze teleurgesteld. De gesprekken die ze met hem voerde, iedere dag weer, leidden nergens toe. Een paar keer stond ze op het punt de zaktelefoon te pakken en vrienden uit te nodigen, haar ouders desnoods. Maar uiteindelijk zag ze er weer van af: dit kon ze niemand aandoen. Ze durfde haar moeder trouwens niet eens op te bellen, bang dat ze bij de eerste de beste vraag, bij het geringste beetje genegenheid, in tranen zou uitbarsten.

Simone telde hoeveel dagen ze hier nu waren, twaalf, en hoeveel ze er nog voor de boeg hadden. Halverwege hield ze ermee op, afgeleid door de regen die steeds feller tegen de ramen sloeg. Het werd een binnendag, de derde al. Als het even droog was, waaide er een snijdend koude wind. Zo kon het niet langer.

Ze stonden samen in de keuken eieren met spek te bakken, en ze dacht dat de kinderen hen niet zouden horen door het gesis, gerinkel van borden en bestek. Ze vroeg het hem zonder inleiding, zodat hij zich niet kon wapenen: of hij niet tevreden was met zijn baan? Of er iets gebeurd was, toen zij even niet oplette.

Hij keek haar aan, hij luisterde, zowaar.

'Het is alleen even wennen links en rechts te worden ingehaald,' antwoordde hij vermoeid.

'Waarom geef je niet toe dat je die baan had willen hebben?'

'Dennis krijgt Polen erbij en Roemenië.'

'In Roemenië worden toch ook kantoren gebouwd, daar hebben ze toch ook plafonds nodig?'

'Ze kunnen het technisch niet aan. En het is maar de vraag of ze ooit betalen.'

'En Dennis, gelooft die erin?'

'Dennis ziet er wel een uitdaging in.'

'Nou, dan is het logisch, hè? Dat hij het geworden is.'

'Ga hem een beetje verdedigen,' riep hij fel.

Hij zwaaide met een mes dat hij juist in een pak boter had gezet, zo wild dat de boter tegen de muur vloog. 'Dennis roept om de haverklap: "Mijn intuïtie zegt me..." Hij schept op over zijn *Fingerspitzengefühl*. Als ik uitleg dat we dan toch ten minste projectleiders moeten meesturen naar Litouwen of weet ik waar, beweert hij dat dat niet nodig is, want hij heeft overal zijn "Hollandse connecties". Het is een egotripper, een diva. Hij verkoopt vooral zichzelf heel goed. "Nieuw bloed" noemt Lakenman dat.' Hij spoog het eruit.

Simone zag dat hun dochters hem vanuit de kamer met grote ogen aanstaarden en trok het luik dicht. Zij had het beslist een aardige jongen gevonden, die ene keer dat zij hem had ontmoet. Gedreven, intelligent, maar dat kon ze maar beter voor zich houden.

'Vreselijk, Nils, maar probeer wat afstand te nemen.'

'Dat doe ik ook, ik zei alleen: het is even wennen.'

'Hoe lang gaat de crisis nog duren? Tot het eind van de vakantie?'

Ze keek hem vragend aan, maar hij wendde zijn blik af en zweeg. Ze had dus niet overdreven, want waarom gaf hij anders geen antwoord? Dit leek wel zo'n nachtmerrie zoals ze die wel vaker had aan het begin van de vakantie. Dan werden de opgekropte zorgen en spanningen van een heel jaar een bloeddorstig monster dat haar kinderen kwam verslinden. Ze zette de ontbijtborden op het granieten aanrecht, met zo'n klap dat het onderste bord brak. Er trok een rilling door hem heen. Voor geluiden, allerlei geluiden, van kinderen die op lolly's kauwden tot laagvliegende straaljagers, was hij de laatste tijd ook overgevoelig.

'Kijk uit.' Hij wees op een papier aan de binnenkant van een kastdeur: 'Wanneer u iets breekt, dient het gelijkwaardig...'

'Als jij zo doorgaat, breek ik de hele boel af.'
'Stel je niet aan.'
'Wie stelt zich hier aan? Wíe als ik vragen mag?'
Ze smeet de scherven in de vuilnisbak. En terwijl ze ernaar keek, naar twee vrijwel gelijke helften van een boerenbonten bord dat hier misschien al een mensenleven had gestaan, nam ze een beslissing. Ze kon heel wat hebben. Dat ze er het hele jaar door vrijwel alleen voor stond en op iedere ouderavond in haar eentje verscheen alsof ze al gescheiden was, daar was ze aan gewend. Maar dit humeur, die verongelijkte, van wrok vertrokken kop – daar kon ze niet meer tegen. Ze gaf hem nog drie dagen. Als het dan nog niet over was, ging ze naar huis, met de kinderen, zonder hem.

Maar toen de drie dagen om waren, dacht ze: misschien gebeurt dit alles niet voor niets. Misschien moet er iets veranderen in ons leven. Een doorbraak komt nooit zonder horten en stoten, zonder pijn.
'Als het zo moeilijk voor je is dat anderen over jouw toekomst beslissen, waarom ga je dan niet iets anders doen?' vroeg ze, toen het al geruime tijd stil was in de kinderkamer.
'Ik ben te oud.'
Ze keek hem ongelovig aan.
'Op mijn leeftijd vind ik geen andere baan meer.'
'Een eigen zaak, bedoel ik. Zoveel mensen hebben die beslissing genomen toen ze vastliepen.' Ze herinnerde hem eraan hoe haar broer vijf jaar geleden, geholpen door zijn vrouw, een eigen bedrijf had opgericht. De eerste jaren was het sappelen geweest, maar nu begon het toch zijn vruchten af te werpen?
'Jij denkt daar zo makkelijk over,' was het enige dat hij zei.

'Nee, ik ben er al dagen over aan het denken. Vanochtend in het zwembad, en op de fiets.' Ze zag het helemaal voor zich en zij kon toch ook weer gaan werken? Dat was ze toch van plan, op den duur.

'Om voor mezelf te beginnen zou ik eerst moeten weten wat ik zou willen.'

'En dat weet je niet?' vroeg ze voorzichtig.

'Ik kan plannen uitvoeren die een ander bedenkt, maar ik heb nog nooit zelf iets bedacht.'

'Omdat het nog nooit nodig was misschien? Omdat de uitdaging er nooit was?'

Er viel een stilte. Het ontging haar niet dat bij het woord uitdaging zijn blik versomberde.

'Het hoeft niet,' ze beet op haar lip, 'ik vroeg het me alleen maar af. Vergeet het maar...'

'Als het je tegenvalt dat je met een man getrouwd bent die geen hemelbestormende ideeën heeft, zeg het dan.'

Terwijl hij zonder verder een woord te zeggen langs haar heen de gang in liep, overviel het haar. Sterker dan de teleurstelling, sterker dan de neiging hem op te beuren. Haar blik flitste door de kamer op zoek naar iets scherps, een grote schelp, die lange grijze die scheermes heette of de tak die tegen de muur boven de schouw leunde. Een niet eens zo groot, maar stevig, wit takje in de vorm van een wichelroede, een houten vork met twee wijduitstaande tanden – iets om het chagrijn van zijn gezicht te krabben. Ze wilde hem zien bloeden, hem horen jammeren. Om iets echts.

Op het moment dat ze voor de schouw stond en haar hand naar het takje uitstrekte, hoorde ze een deur dichtvallen. Niet de deur van de wc of de keuken, maar de buitendeur. 'Blijf hier,' riep ze, maar hij hoorde haar niet. De laatste dagen liep hij telkens het huis uit zonder iets te zeggen. Ze keek naar het ding in haar hand dat er van het ene op het andere moment volkomen ongevaarlijk uitzag, een takje.

Ze liep naar het raam, maar hij keek niet om, zag niet eens hoe boos ze was. Ze liet zich op het bankje zakken, trok haar knieën tegen haar buik, vouwde zich zo klein mogelijk op. Misschien was het toch geen toeval dat haar oog op dit takje was gevallen, op een stuk hout dat zich splitste. Het kon. Iets dat één was geweest kon zich splitsen.

Hij wist dat hij haar teisterde. Hij nam zijn korzeligheid overal mee naartoe, het kleefde aan hem als zand aan een nat lichaam. De korrels drongen overal binnen. Tussen de bladzijden van de boeken die hij zijn dochters voorlas, en aan het voeteneind van het bed dat hij met zijn vrouw deelde. Korzeligheid, korzeligheid maakte ruw wat glad was, korstig wat zacht was. Simone had kapotte lippen van het zich verbijten.

Zij wilde hem niet anders. Wel anders dan hij nu was, maar niet anders dan hij was voor dit gebeurde, voor het telefoontje dat Dennis Bokhoven commercieel directeur was geworden. Vroeger heette dat hoofd verkoop. Vroeger heette hij niet area-manager maar vertegenwoordiger. Misschien hielden die benamingen je met beide benen op de grond en had hij zich gek laten maken door een nepwoord.

Hij zuchtte zo diep dat hij in zijn hoofd de zee overstemde. Het ruisen van de branding klonk als adem, een immens lichaam dat langzaam in- en uitademde. Hij liep hier en vlak achter hem, in een huis op een duintop, sliepen zijn twee dochters en stond zijn vrouw misschien voor het raam zich af te vragen wat ze met hem moest aanvangen. Hij was er nog, vernederd, maar hij leefde. Zijn adem voegde zich bij die andere adem, van de zee. Als hij daarnaar luisterde werd hij vanzelf rustiger. Waarom kon hij dat dan niet? Het werd tijd dat hij weer eens langs de zilveren bosjes fietste zonder aan geld te denken, zijn zegeningen telde in plaats van de loonsverhoging van Dennis Bokhoven.

Simone had gelijk, hij was tevreden met zijn baan. Maar waarom voelde hij zich sinds dat telefoontje dan zo opgejaagd, werd hij 's nachts bezweet wakker met een benard gevoel, alsof er een olifant op zijn borst zat? Stap voor stap, de rode lintjes volgen, dan kom je er wel achter. De afgelopen dagen had hij niets anders gedaan en nu moest hij het maar eens toegeven: hij wilde die baan uitsluitend omdat Dennis hem had gekregen. Alleen door die blaag die voor zijn veertigste directeur van de wereld wilde zijn, was die baan zo begerenswaardig geworden. 'Ik ook, ik ook', zoals Roos het zo bondig kon zeggen: de eigen kamer, geen onkostenregeling maar een creditcard, overal heen vliegen, business class. Ik ook, ik ook en niet over een paar jaar, als de tijd er rijp voor was, maar nu. Zijn moeder had geen gelijk. Het hielp niet altijd te weten waarom je je ellendig voelde. Of was een inzicht iets waaraan je ook moest wennen? Was dit hanengevecht in zijn hoofd zoiets als tegensputteren? Vocht hij tegen de vernedering die hij zichzelf had aangedaan?

'Ik gun het hem niet,' zei hij hardop, tegen de wind in. 'Ik laat mijn leven niet verzieken door Dennis wonderboy Bokhoven.'

Terwijl hij die naam uitsprak, vrij luid voor iemand die alleen over de Badweg liep, keek hij recht in het gezicht van een oudere vrouw, in ogen even grijs als haar regenjas, een grijs dat in een ander licht waarschijnlijk groen leek, als het gras langs het wad.

Hij sloeg zijn blik neer, zijn zelfrespect was tot het minimum gedaald maar hij wilde niet voor gek versleten worden. Het was al erg genoeg dat Simone hem als een patiënt beschouwde, dat de kinderen als poezen om hem heen slopen.

'Goedenavond,' zei de vrouw. Ze stond naast een fiets waaraan een grote handtas bungelde. Vroeger hadden alle vrouwen zo'n tas. Er kon een pakje brood in, een appel, een rol pepermunt, een zakdoek, gomballen. Dingen om je mee te troosten.

'Goedenavond,' antwoordde hij.

Weer knikte ze vriendelijk. Had ze hem niet horen schelden of deed ze maar alsof?

''t Is nogal koud voor de tijd van het jaar, niet?' zei ze met een noordelijk accent dat de medeklinkers benadrukte.

'Erg koud,' antwoordde hij.

''t Is de noordenwind. Eind juni slaat het om.'

'Dan moeten wij al bijna weer weg.'

'Als u nou nog maar een paar mooie dagen krijgt...'

Hij knikte. 'Een paar mooie dagen maken alles goed.'

'Zo is het.' Ze zette haar voet al op de trapper terwijl ze hem nogmaals toeknikte. Bemoedigend, vond hij. Daarna stapte ze voorzichtig op en reed de Badweg af, richting Duinroos.

Hij liep door naar het hoogste punt van het duin, leunde tegen de houten reling waar overdag fietsen tegenaan werden gezet. Er stonden er nog een paar, het was te koud voor een strandwandeling. Wat zou hij doen, naar huis terugkeren, zeggen dat het hem speet? Hij maakte zich los van de reling en liep de met betonnen platen bedekte duinovergang af. Hij wilde de zee zien, kijken zo ver hij kon en niet aan die naam denken. Hij wilde zichzelf testen. Hij wilde weten of hij naar de lucht kon kijken, een kwartier, een halfuur, iedere dag wat langer, zonder aan plafonds te denken.

Wanneer zou ze hem vertellen dat ze wegging, morgenochtend met de boot van kwart voor twaalf? Dadelijk maar, zodra hij binnenkwam. Anders zou ze weer gaan slapen in de hoop dat morgen alles voorbij was. Ze staarde naar het takje, klemde het in het gootje tussen haar knieën. Je kon er ook twee armen in zien, iets opgeheven, uitgestrekte armen. Een kruis waarvan de verticale lijn bij de dwarsbalk ophield. In de kinderbijbel van Karlien sleepte Jezus met zo'n kruis door de straten van Jeruzalem.

Hij was nooit getrouwd geweest. Hij had vrienden die in slaap vielen toen hij ze nodig had, die hem verraadden, maar geen vrouw die na een telefoongesprek voor zijn ogen veranderd was in iemand met wie hij nooit had willen trouwen. 'U weet niet wat het is getrouwd te zijn met een slecht humeur,' zei ze tegen het takje. 'En het duurt nu al elf dagen. Ik hou het niet meer uit. Het liefst zou ik de deur uitlopen, mijn fiets pakken, wegrijden, maar waar moet ik naartoe? Mijn kinderen liggen te slapen en als Roos wakker wordt en roept en ons niet ziet, gaat ze zoeken en verdwaalt, in het bos hierachter of in de duinen. Er gaat ook geen boot meer vanavond. Ik kan nergens heen.'

Ze keek uit het raam. Ze kon een vriendin bellen, vriendinnen genoeg. Die zaktelefoon moest hier ergens liggen, die had Nils na die ene keer nooit meer bij zich gestoken. Maar wat zou ze zeggen tegen de vriendin die opnam? Als je hardop zei: 'Het is te erg, ik wil hier weg, misschien zelfs wel een tijd uit elkaar', dan was het al bijna waar, de splitsing een feit.

Haar blik ging weer naar het takje. Hij had die laatste nacht in de hof van Gethsemane waarschijnlijk ook niet willen praten. Alleen maar wat gezelschap, een rug om tegenaan te leunen. Een paar woorden wisselen, niet over wat komen ging, maar over andere dingen, over wat er altijd al was, voor hem, na hem. Over de sterren en hoe ze heetten. Met zijn hoofd op de schouder van de rug waar hij tegenaan leunde omhoog kijken, wijzen: 'Zie je, de Grote Beer, en daar de Poolster.'

Ze drukte haar kapotte lippen tegen het hout en zette het takje tegen het raam waar dadelijk de sterren zouden verschijnen. Maar het viel meteen weer om, achter het gordijn. Toen ze het bij de zoom optilde, zag ze het boek dat ze daar had neergezet om het uit de handen van Roos te redden. Ze had er in het begin van de vakantie een blik in geworpen en het vlug weer dichtgeslagen. Ze wist dat het haar veel moeite zou kosten er iets in te schrijven.

Welkom in dit huis, stond er op het schutblad, *ik hoop van harte dat u hier gelukkige dagen mag doorbrengen.* Daaronder een naam die ze niet lezen kon. Ze bladerde wat door het boek.

... Een heerlijke tijd... Geen dag hetzelfde op dit eiland... We hebben genoten... All shall be well...

Ook zonder alles te lezen wist ze dat nog nooit iemand zo ongelukkig geweest was in dit huis als zij. Als zij nu was, al elf dagen. De meesten schreven niet veel. Alleen de laatste gast, ene Herman Slaghek die hier de hele maand mei had gezeten met zijn vrouw Betty, had in een keurig schoolschrift een bladzij weten vol te pennen.

mei 1997

Geachte gastheer,
Het was een wonderbaarlijke meimaand, met alle soorten weer. Dit jaar, ons vierde in Duinroos, hebben wij het wel bijzonder getroffen. Op maandag 19 mei stuitten wij tijdens onze wandeling in de buurt van kampeerterrein de Lange Paal op een troepje Schotse hooglandrunderen. Zo vreemd, die grote harige beesten. We waanden ons in een ander land.

Betty, die hier haar achtenvijftigste verjaardag mocht vieren, heeft weer op verschillende plekken zitten aquarelleren, maar de wadkant van het eiland is haar toch het dierbaarst. 'Troostrijk' vindt ze het daar. Ze staat iedere ochtend om half zes op om ergens langs het wad te gaan zitten werken.

De enige wanklank was dat wij het huis dit jaar niet zo schoon aantroffen als anders. In de koelkast stonden allerhande halflege potjes augurken en zilveruitjes en zo meer. Onder ons bed vonden we een paar plastic slippers en een vieze gescheurde theedoek. Maar genoeg hierover. Door de kunstwerken van Betty en mijn foto's zal de sfeer van het eiland, dat ieder jaar weer trekt – ook door de herinnering aan het eerste jaar toen alles waarvan we genoten tegelijk zoveel pijn deed –, nog lang om ons heen hangen. Letterlijk.
Tot ziens,
Herman en Betty Slaghek

Terwijl ik dit schrijf, komt Betty met een veertje aanlopen. Ze heeft het opgezocht in wel drie boekjes, maar komt er maar niet achter van welke vogel het is. Toen we aankwamen lag het op de eettafel. Daarna heeft het in de glazen zeester gelegen, en op de schouw, maar het waait bij de geringste tochtvlaag weg. 'Leg het maar in het gastenboek,' zegt Betty, 'daar is het veilig.'

Simone pakte het veertje op en stak het achter haar oor.

P.S. De buren van vorig jaar hebben wij helaas maar even getroffen. Ze waren hier al half april. Toen wij aankwamen, stonden zij op het punt weg te gaan. Dat is sowieso altijd een hele drukte en daarbij hadden ze er nu nog een baby bij van net drie maanden. (Vorig jaar op Vlieland verwekt, heeft Betty bliksemsnel uitgerekend.) We zijn nog naar de boot gegaan om ze uit te zwaaien, zoals we beloofd hadden, maar ze kwamen niet aan dek. Vanwege de baby, dacht Betty, want er stond een koude wind.

Simone bladerde terug. Ze hoefde niet lang te zoeken. Ieder seizoen waren er maar een stuk of drie mensen die meer dan een paar regels schreven en daarvan sprong het handschrift van Herman Slaghek onmiddellijk in het oog. Iedere letter was leesbaar.

mei 1996

Geachte gastheer,
Ieder jaar biedt dit eiland weer iets nieuws. Dit jaar de kennismaking met de buren in het huisje rechts van ons. Hij heeft de leeftijd van onze Evert, schat ik, begin dertig. Net zo een aardig, open gezicht, dezelfde franke oogopslag. Nadat wij hier een paar dagen waren en elkaar zo eens gegroet hadden, kwam de buurvrouw op een avond vragen of zij hun babyfoon bij ons mochten neerzetten. Nog geen minuut waren ze weg of we hoorden een zacht gehuil. Betty is gaan kijken en

even later hoorde ik haar vanuit het buurhuis door de babyfoon een liedje zingen dat ze vroeger altijd voor Evert zong. Over een schaap met witte voetjes, dat drinkt zijn melk zo zoetjes... Het was alsof ik terugging in de tijd en haar vanuit Everts kamertje hoorde zingen. Ik weet niet hoe lang ik daar gestaan heb, met mijn oor aan dat apparaat gekluisterd.

De volgende twee regels waren doorgestreept. Zo keurig als hij schreef, streepte hij door: de zinnen bleven onleesbaar, ook toen ze de bladzij tegen het licht hield.

Toen de buren de babyfoon kwamen halen, hebben we nog een glas wijn met elkaar gedronken. Zij hebben Betty's aquarellen bewonderd en wij hebben over Evert verteld. Zo is de vriendschap ontstaan die deze vakantie onvergetelijk maakt. Gelukkig, ook voor Betty. Zij had dit jaar naar Australië willen gaan, maar ik heb haar weten te overtuigen dat een tweede bezoek ons niet verder zal brengen. Integendeel, dat we er bedroefder van terug zouden komen dan we gingen.

Simone bladerde terug naar de maand mei van het jaar daarvoor. Maar Hermans handschrift ontbrak dat jaar. Na enig zoeken vond ze toch een kort bericht van de Slagheks. Maar niet van Herman, van Betty.

15 mei 1995

Dadelijk vertrekken we met de boot van vier uur, maar op verzoek van Herman toch nog een paar woorden. Herman heeft zijn achillespees bezeerd. Om een lang verhaal kort te maken: hij zit nu in het gips en wil van-

daag nog naar huis. Thuis zal hij ook niet veel kunnen, maar daar heeft hij tenminste zijn computer. (Via Internet correspondeert hij over de hele wereld met ouders die zoiets hebben meegemaakt als wij met onze zoon.) Volgend jaar komen wij niet naar Duinroos, want dan zitten we in Australië. Misschien het jaar daarop weer...
Vriendelijke groeten, ook namens Herman, Betty Slaghek-Meuleman.

Simone had haar vinger al bij het jaar daarvoor gelegd, zodat ze meteen kon doorlezen. *Mei 1994*. Dat was hun eerste jaar op het eiland.

Geachte gastheer,
Voor ons was dit een belangrijke maand, onze eerste vakantie een halfjaar na het ongeluk in Melbourne, waarbij onze zoon omkwam. Wij hebben geprobeerd ons verdriet 'eruit te wandelen', zoals Betty het noemt, zonder ervoor weg te lopen. Betty is hier begonnen met het verzamelen van wilde bloemen, die in dit jaargetij zo uitbundig bloeien. Ze heeft ook een natuurgidsje aangeschaft. Als ze niet meer weet waar ze het zoeken moet, gaat ze in het blauwe kamertje hier vlak boven de namen in haar hoofd stampen.

Onwillekeurig keek Simone naar boven.

Ze heeft dit boek gebruikt om haar mooiste vondsten in te drogen. Misschien ruiken sommige bladzijden nu voor altijd naar dit voorjaar. Van schilderen komt het niet, daar is ze te onrustig voor.

Ze bracht het boek naar haar gezicht, en verbeeldde zich dat de bladzij heel vaag naar bloemen rook, naar kamperfoelie van drie jaar geleden.

Zelf heb ik een paar keer, wanneer Betty weer op bloemenjacht was, de begraafplaats achter de kerk bezocht. Ik ken niemand die daar ligt, maar het lezen van al die namen op die stenen, op oude en nieuwe stenen, doet me goed. Alsof er werkelijk 'een gemeenschap van gestorvenen' bestaat zoals ik met Allerzielen wel eens heb horen zeggen, een gemeenschap waar onze Evert nu toe behoort. Dan stel ik me voor dat ergens op dat grote eiland, precies aan de andere kant van de aardbol, dat ergens in Melbourne een man over de begraafplaats loopt. Naar de plek waar wij Evert een halfjaar geleden hebben moeten achterlaten. En de steen leest, en zijn naam uitspreekt, waarbij hij zich natuurlijk afvraagt hoe je Slaghek uitspreekt: Evert Slaghek.

Betty laat weten dat als wij volgend jaar Duinroos niet bespreken, het niet is omdat het huisje ons niet bevalt, maar omdat we dan niet in het land zijn. Omdat we dan waarschijnlijk in Melbourne zitten.

Met het gastenboek in haar hand liep Simone de trap op, naar het blauwe kamertje. Hier had ze waarschijnlijk gezeten, op deze stoel, aan deze zelfde tafel. Simone trok de stoel naar achteren, ging zitten en dacht aan de vrouw die ze niet kende, maar die hier over een gidsje gebogen gezeten had. Vanuit dit raam had ze misschien ook een man gezien van rond de dertig die haar deed denken aan haar zoon, maar hem niet was.

Als er een gemeenschap van gestorvenen bestond, bestond er misschien ook een gemeenschap van eenzamen. Mensen die je gezelschap kwamen houden wanneer je aan hen dacht. Terwijl ze uit het raam keek, naar de donkere hemel waar nog maar een paar flarden daglicht doorheen kierden, had ze het gevoel dat iemand achter haar kwam staan, een hand op haar hoofd legde. Over haar schouder meekeek en de eerste sterren aanwees, wees naar iets dat ouder was dan haar verdriet.

Later, veel later toen het helemaal donker was, hoorde ze buiten op het schelpenpad voetstappen. Daarna de buitendeur, toen die naar de woonkamer en toen, voorzichtig, die naar de kinderkamer. Ze hoorde dat Nils naar het trapgat liep, haar naam riep.

Aan zijn stem hoorde ze dat het over was. Of verbeeldde ze het zich maar?

'Ik ben hier,' antwoordde ze, net luid genoeg om gehoord te worden. Ze haalde het veertje achter haar oor vandaan en streek ermee langs haar ruwe lippen. Een week, ze hadden nog bijna een week om er iets van te maken.

V

Iemand die het drietal op de boot van Harlingen-Haven naar Vlieland gadesloeg, zou zonder aarzelen besluiten wie bij wie moest horen. De lange tengere jongen met het sluike zwarte haar die met Walter werd aangesproken, hoorde bij het tengere meisje met de blonde paardenstaart. Willemijn heette ze, maar Walter noemde haar Wim. Dat Walter en Willemijn bij elkaar hoorden zag je aan alles: hoe ze naar andere mensen keken en vervolgens naar elkaar, waar ze om lachten, aan het gemak waarmee ze elkaar aanraakten. Ze hadden iets lichts, elegants, iets Frans. Hun kleren kochten ze waarschijnlijk samen, in ieder geval hadden ze dezelfde smaak. Hij droeg die tweede zaterdag van augustus een beige corduroy broek met een wit overhemd, en om zijn schouders had hij een lichte, katoenen trui geslagen waarvan hij de mouwen losjes aan elkaar had geknoopt. Zij had een kakikleurige broek aan en een gebroken wit, wijd vallend jack, waarvan ze de manchetten had omgeslagen. Maar het had net zo goed andersom kunnen zijn: wat hem stond, stond haar ook en ze droegen vast regelmatig elkaars hemden, truien, zonnebrillen.

De jongen die naast hen over de reling leunde, en die hen vaker observeerde dan ze in de gaten hadden, was kleiner dan Walter en stevig gebouwd. Zijn dikke, met peroxide gebleekte haar, stond recht overeind. Hij droeg een groen overhemd op een zwarte spijkerbroek, die hij daags tevoren had gekocht omdat in de oude te veel gaten zaten; daaronder zwarte, juchtleren schoenen waarvan in de linkerschoen geen veter zat maar een touwtje. Om zijn heupen had hij een blauwe schipperstrui geknoopt. Tom heette hij, en hij was onderwijzer. Zo nu en dan wees hij naar een paar stipjes op de zandplaat in de verte, en beweerde dat het zeehonden waren. Dan hing hij zijn verrekijker om de lange hals van Willemijn, waarbij hij zijn uiterste best deed haar niet aan te raken.

Hij noemde Willemijn voluit bij haar naam. 'Als je Willemijn heet, noem ik je zo,' had hij gezegd toen Walter hen aan elkaar voorstelde. Wim klonk te androgyn, paste niet bij de vrouw die Willemijn was. 'Willemijn roept niet makkelijk,' beweerde Walter, maar dat was vast niet de reden waarom hij haar naam afkortte. Door haar anders te noemen, was ze meer van hem, zijn schepping, alsof ze voor ze hem ontmoette nog niet bestond. Iedere keer wanneer Walter het over Wim had, zei Tom: 'Je bedoelt Willemijn?' Het was de enige manier waarop hij zijn kritiek op hun verhouding kon uiten. Andere gedachten die hij aan hen wijdde hield hij voor zich. Er was veel dat hij niet begreep, maar hij was bang dat al te grote nieuwsgierigheid hen zou afschrikken.

Walter en Willemijn woonden in Groningen. Ze hadden elkaar in het eerste jaar van hun studie ontmoet. Willemijn studeerde geschiedenis, Walter kunstgeschiedenis. Ze werkten een paar avonden per week in dezelfde bioscoop. Walter zat er in de hal achter een kaartjescomputer, die hij had weggemoffeld in een antiek bureau. Willemijn werkte in het belendende café-restaurant. Ze pasten er prachtig. Hun lange gestalten harmonieerden met de gebogen lijnen van de Jugendstil meubels, met het leliemotief in het tapijt en de gordijnen. Wanneer Walter 's avonds, na het afsluiten van het bureau, Willemijn kwam helpen trok hij zo'n zelfde wit, nauwsluitend, enkellang kokerschort aan als zij. Dan waren het net twee vissen, zo vloeiend schoten ze van tafel naar tafel, twee vissen van dezelfde soort, de één had aan een blik genoeg om te weten wat de ander wilde.

Willemijn bewoonde twee kamers in een steegje achter de Martinitoren, toen Walter uit zijn huis werd gezet. 'Morgen sta ik op straat. Kan ik een paar weken bij jou logeren, tot ik wat anders heb?' Dat was inmiddels tweeënhalf jaar geleden. Met een koffer vol kleren en een onafzienbare rij plastic zakken met grote kunstboeken die niet op haar boekenplanken pasten, was hij bij haar ingetrokken en niet meer weggegaan. Willemijn had er nooit op aangedrongen. Ze hadden het goed samen. Er was maar weinig waar ze niet met elkaar over konden praten en zwijgen konden ze ook.

Alleen over de toekomst hadden ze het nooit. Wel over het werk dat ze wilden doen, in andere steden in andere landen misschien, maar niet over hun toekomst samen. Niet over de kinderen die ze samen zouden krijgen. Ze wisten dat deze situatie niet eeuwig kon duren, want er ontbrak iets. Over wat ontbrak hadden ze het nooit, wel met anderen soms, maar niet met elkaar want ze wilden wat er was niet bederven.

Willemijn had nooit kunnen denken dat ze zo makkelijk met iemand haar leven kon delen. Dat samen wakker worden, ontbijten, de krant lezen, studeren zo plezierig kon zijn. Walter was niet alleen aardig en zorgzaam voor haar, maar ook voor het huis. Hij legde de vruchten zo op de schaal dat je ze zou willen schilderen en als hij geld had zette hij overal bloemen neer. Over een schemerlamp die ze van haar oma had geërfd, gooide hij een doek en het was alsof die lamp zo ontworpen was.

Wat hij aanraakte bloeide op, ook Willemijn. Hij leende haar zijn overhemden en wanneer ze een belangrijke afspraak had, zijn donkerbruine borsalino. Hij nam haar mee naar tweedehands winkels, de enige winkels waar je nog bijzondere en betaalbare kleren kon krijgen, en hielp haar kiezen. Jongensachtige kleren stonden haar het best, vond hij. Wanneer ze in de spiegel keek zag ze zichzelf door zijn ogen. Zolang ze thuis waren, was hij als een vriendin, zonder het metende dat vaak tussen vrouwen de kop opsteekt. Maar 's nachts, wanneer ze na hun werk door de stad naar huis liepen, was hij een man die andere mannen op afstand hield. Of juist niet, precies zoals zij het verkoos. Wanneer een man zich te opdringerig gedroeg, bracht ze vlug 'mijn vriend' ter sprake, en ging zodra ze Walter zag even om zijn hals hangen om haar woorden kracht bij te zetten. Ze kon Walter inzetten zoals het haar uitkwam, en hij deed hetzelfde met haar, wist ze.

Walter had in die tweeënhalf jaar geen enkele poging ondernomen een andere woonruimte te vinden. Het verbaasde hem nog steeds dat hij zich zo verbonden met iemand kon voelen, en tegelijk zo vrij. Als hij eens een nacht met vrienden doorzakte, was ze nooit jaloers. Dan moest hij haar later uitgebreid vertellen wie er waren, waarover ze zoal gepraat hadden. Wanneer zij een nacht wegbleef, wilde hij de volgende dag weten of ze verliefd was en in welke mate. Als zo'n verliefdheid een verhouding werd – die bij Willemijn nooit langer dan een maand duurde, daar kon hij de klok op gelijk zetten – hoorde hij geduldig haar verhalen aan. Als ze triest was omdat het weer niets geworden was, troostte hij haar met een pot thee en ging een zak drop kopen of een tijdschrift.

Walter was verknocht geraakt aan het huis, en ook steeds meer aan Willemijn. Hij was er trots op naast haar door de stad te lopen, cafés en winkels binnen te gaan en te zien hoe mannen naar haar keken – hij wist zeker dat ze vroeger minder vaak werd nagekeken. Dan streek hij een lok achter haar oor, en haakte zijn arm om haar middel. Tenzij Willemijn te kennen gaf dat zij in de man geïnteresseerd was, dan trok hij zich terug – dat was de afspraak.

Soms bespeurde hij iets in iemands ogen dat hij alleen uit boeken en films kende. Dan zag hij een blik van haar naar hem gaan, glazig worden, alsof de man in kwestie alleen door naar hen te kijken op slag beneveld werd. Een troebele blik, heette dat bij Couperus. Walter begreep dat de voyeur in kwestie hen uitkleedde, hen uit hun lange witte schorten wikkelde, hun overhemden losknoopte, hun ondergoed afstroopte. Dat zij zo'n glanzend paar waren dat mannen zich moeiteloos en zonder tegenzin naakt, in elkaar verstrengeld, konden voorstellen. Zulke blikken maakten hem niet boos, maar wonden hem ook niet op. Hij sprak er nooit over, met geen woord, tegen Wim, want als hij erbij stilstond werd hij bang. Wat vrijwel niemand wist was dat zij elkaar, dat Walter en Willemijn elkaar nog nooit naakt gezien hadden.

Ze zetten hun tassen midden in de kamer neer. Tom keek afwachtend van Walter naar Willemijn. Ze merkten hem niet op. Walter liep grinnikend langs de meubels, gaf een tikje tegen de rieten lamp boven de eettafel waarin iemand een paar takjes klaver had gestoken, 'net een grote hoed', legde zijn hand op de bruine bekleding van de bank, bekeek de ingelijste zwart-witfoto's aan de muur van het eiland in vroeger tijden, pakte een gedroogde zeester uit een glazen asbak in de vorm van een zeester, streek er even mee langs zijn gezicht, en zei in het voorbijgaan tegen Willemijn: 'Net een ongeschoren wang.'

'Van een zeeman,' zei zij en pakte de zeester van hem aan en streek ermee langs haar gezicht. Ze liepen de gang door, de trap op en af, gooiden de ramen wijd open en lachten om de briefjes op muren en kastdeuren, 'alsof het huis tegen ons praat'.

Tom ging de keuken binnen om water op te zetten voor thee en inspecteerde meteen de voorraadkast. Hij vond de kruiden die hij zocht niet, alleen een rond busje met wel acht soorten specerijen, in poedervorm, speciaal voor vakantiegangers. Hij wist dat Walter en Willemijn zelden kookten. Het waarschijnlijk niet eens konden, omdat ze voor ze aan het werk gingen meestal met het andere personeel in het restaurant aten. Daarom had hij aangeboden deze week voor hen te koken.

Waar heb jij zin in vanavond? wilde hij Willemijn vragen toen ze de keuken in kwam, maar ze was alweer weg. Het leek wel alsof ze altijd haast had wanneer ze met hem alleen was. Door het luik hoorde hij haar met Walter praten. Hij verstond de woorden niet, maar Walter schoot in de lach.

'En wie slaapt waar?' vroeg Willemijn toen Tom even later de kamer binnenkwam met de thee. Hij zette het dienblad op de lage tafel en keek afwachtend van Walter naar Willemijn. Een paar dagen geleden hadden ze hem meegevraagd, 'ruimte genoeg'. Willemijns ouders hadden Duinroos voor twee weken gehuurd, maar konden zelf pas volgende week naar het eiland komen. Walter en Willemijn mochten zolang van het huis gebruik maken, en als het stralende weer aanhield, zouden ze nog een paar dagen langer blijven, met haar ouders samen. Uit hun gesprekken had hij opgemaakt dat Walter vaak een weekend met Willemijn mee naar huis ging, als een brave schoonzoon. Hij kende haar ouders zo goed dat hij hen bij de voornaam noemde.

Tom boog zich over de tafel en schonk de thee in. Walter en Willemijn moesten maar beslissen wie waar sliep, hij was hun gast, de buitenstaander.

'Wij slapen hier, had ik zo gedacht,' zei Walter en wees naar het dubbele bed in de kamer achter hem. Tom keek opzij. Het zonlicht dat door de gele gordijnen viel, zette de slaapkamer in een warme gloed. Hij durfde Willemijn niet aan te kijken, bang dat zijn blik hem zou verraden. Walter pakte hun tassen, liep ermee naar het kamertje en zette ze met een zwaai op het bed. De deur bleef op een kier staan en Tom zag hoe Walter neuriënd zijn overhemden begon uit te hangen. 'En jij?'

Tom wees naar het plafond. 'Van de weg af heb ik gezien dat onder het dak nog een kamer is. Uitzicht over de duinen. Die neem ik wel.' Gelukkig niet vlak boven die van hen, dacht hij en ratelde door over het uitzicht – hoe ver, hoe weids, hoe blond de duinen in dit gulle licht.

Willemijn was met haar thee op de bank gaan zitten en bladerde in een boek dat op tafel lag. Aandachtig bekeek ze een kindertekening van monsters met rode stekels. Ze had niets van zijn verwarring gemerkt. Vlug haalde hij een plattegrond van het eiland uit zijn achterzak, ging in een van de rotanstoelen tegenover haar zitten en deed alsof hij de kaart bestudeerde. Maar hij zag alleen maar zwarte vlekken.

Een week geleden hadden ze hem voor het eerst bij hen thuis uitgenodigd. Op een vrijdagnacht na sluitingstijd was hij meegegaan. Misschien wonen ze alleen maar samen, dacht hij, delen ze noodgedwongen een huis zoals zoveel studenten. Walter was nog iets gaan kopen bij de nachtwinkel en Willemijn liep voor Tom uit het huis in. Om in het woongedeelte te komen moest je door de slaapkamer en daar stonden twee bedden, maar zo dicht tegen elkaar aan geschoven dat je van één bed kon spreken. Er zat amper ruimte tussen. Het kon hem niet ontgaan. Dat bed kon niemand ontgaan. Aan het voeteneind hing een reusachtige, kitscherige, gouden lijst, die met dun visdraad aan het plafond was bevestigd. Over het bed lag een groot, wit kanten kleed. Het leek wel een altaar. Zodra je de kamer binnenkwam, werd je blik vanzelf naar die gouden lijst gezogen, door de lijst heen, naar het kanten kleed, naar hun engelenbed. Willemijn had hem zien staren en zei vlug: 'Ik gooi mijn kleren er altijd overheen, maar dat mag niet. Dat verstoort het beeld.'

'Weer eens wat anders dan een waterbed,' was het enige dat hij had weten uit te brengen, terwijl hij uit alle macht probeerde zijn teleurstelling te verbergen.

En nu, terwijl zijn blik naar het bed ging, waarop Willemijns reistas stond naast die van Walter, en moest aanhoren hoe Walter nog altijd neuriënd zijn kleren ophing, dacht hij weer: ik wist het toch?

Willemijn roerde in haar thee en aarzelde. Als ze ergens anders wilde slapen, moest ze het nu zeggen. Thuis lagen Walter en zij ieder op hun eigen matras, ieder onder hun eigen dekbed, dat ze als het koud was om zich heen konden trekken, zonder dat de ander daar iets van merkte. Ze werd niet wakker wanneer Walter, vaak in het holst van de nacht, in bed kroop. Hun lichamen bleven ieder op hun eigen helft. Alleen 's ochtends raakte ze even zijn schouder aan om hem te wekken. Wanneer ze bij hoge uitzondering tegelijkertijd naar bed gingen, pakte hij wel eens haar arm of legde zijn hand op haar dekbed, daar waar haar dijbeen zich aftekende, omdat hij haar per se iets moest voorlezen. Als ze nu te kennen gaf deze week alleen te willen slapen, gaf ze Tom een teken. Volgens Walter negeerde Tom haar tekens, of liever: merkte hij ze in het geheel niet op.

Ze zette haar thee op tafel, en leunde achterover in de kussens. Ze sloeg haar lange benen over elkaar, en kruiste haar armen achter haar hoofd. Ook met alle ramen open bleef het warm. Dadelijk ging ze zich verkleden, in het kortste, blootste dat ze bij zich had. Ze blies een haar uit haar gezicht en keek naar Tom. Hij zat nog steeds diep over zijn kaart gebogen en voelde niet dat ze hem gadesloeg. Er miste niet alleen een veter in zijn linkerschoen, maar ook een knoop aan zijn overhemd, vlak boven zijn navel. Zwarte haartjes, zag ze, waar zijn huid doorheen schemerde, een glimp van een vacht waar ze met haar lippen langs zou willen strijken.

Volgens Walter was Tom niet geïnteresseerd in haar. Niet in haar als vrouw, niet meer in haar dan in hem, als dat wel het geval was, had hij het zeker gemerkt. 'Waarom hangt hij dan steeds om ons heen, als hij niet verliefd op mij is? Is het soms om jou?' had ze hem gevraagd. Walter lachte zijn breedste glimlach. Om zijn irritatie te verbergen, wist ze. Hij reageerde altijd zo wanneer zij suggereerde dat een man hem aantrekkelijk vond.

'Tom houdt van film. Met wie kan hij zo goed over de films van Rohmer praten?' zei hij vlug.

'Met ons, ja. Maar is dat echt alles?'

'Dat is toch heel veel?' zei Walter dwingend. Toen ze geen antwoord gaf, wond hij haar blonde staart om zijn vinger. 'Niet verliefd op hem worden, Wim, beloof het me: niet doen. Of is het al te laat?'

Ze schudde haar hoofd. 'Ik word niet verliefd op iemand die mij niet wil. Dat overkomt me niet meer.'

Nu ze eraan terugdacht, schudde ze weer haar hoofd, nog heftiger dan eerst. Niet twijfelen. Walters adelaarsblik ontging niets, hij vergiste zich hooguit in zichzelf, nooit in anderen.

'Wat is er?' vroeg Tom. 'Lees je iets waar je het niet mee eens bent?' Hij knikte naar het gastenboek in haar schoot. 'Zal ik jouw kleren ook uithangen, Wim?' vroeg Walter op hetzelfde moment vanuit de slaapkamer.

'Graag,' antwoordde ze, en ze hoorde hoe dun haar stem klonk. 'Wat zei je?' vroeg ze verstrooid, en ze klapte het boek dicht. Maar Tom was al opgestaan en liep de kamer uit. Ze hoorde hem de trap opgaan, zijn voetstappen op de vloer vlak boven haar, het bed kraken.

Haar blik ging door de kamer. Groot was het hier niet, de slaapkamer was de enige plek waar je je kon terugtrekken. Maar wat gaf het, met dit weer zouden ze vaker buiten zijn dan binnen. Ze keek naar Walter, die bezig was het bed op te maken met de lakens die ze van huis hadden meegebracht. Hij stopte de grote deken zorgvuldig in, streek met zijn lange handen een plooi weg, liefdevol, alsof hij iemand aaide. Dit bed had maar een matras. Ze zouden dichter tegen elkaar aan liggen dan thuis.

Afgelopen voorjaar, toen Walter op studiereis was in Florence, waren ze twee maanden gescheiden geweest. Ze schreven elkaar een paar maal per week en misten elkaar zo erg dat ze dacht: als hij terugkomt, gebeurt het. Ze ging niet meer met andere mannen uit, ze wilde hem trouw zijn, op voorhand. Maar toen hij eind mei voor haar stond, trok haar verlangen zich terug, snel, alsof het schrok. Ze was dolblij hem om zich heen te hebben, zijn verhalen te horen, maar hij bracht haar niet in verlegenheid. Niet één keer betrapte ze zich erop dat ze zijn overhemd wilde losknopen om haar gezicht tegen zijn huid te drukken, te ruiken of zijn geur veranderd was, Italiaanser, zuidelijker. Al binnen twee dagen keek ze weer om zich heen, in de hoge spiegels van het café zocht ze andere mannen en zo had haar blik op een dag die van Tom gekruist.

De kastdeur piepte, Walter legde een stapel hemdjes op een plank. Ze was niet vergeten hoe ze na die scheiding van maanden tegenover hem stond aan het voeteneind van hun bed, dat ze opgemaakt had met schone lakens. Maar dat was thuis, in de stad, in de kamer waar ze al zo lang als broer en zus geleefd hadden. Ze waren nog nooit een hele week weg geweest, hadden nog nooit samen gezwommen, in de zon gelegen, of door een sparrenbos gelopen waar het ruisen je boven jezelf uittilde, waar je je groter voelde en nietiger tegelijkertijd. Misschien zouden ze elkaar in een andere omgeving ook met nieuwe ogen bekijken. Haar blik ging naar het plafond. Wie weet zou er door de aanwezigheid van die vreemde derde een andere chemie tussen hen ontstaan?

Toen Walter en Willemijn hem meevroegen naar een vakantiehuisje op de eilanden had Tom geen seconde geaarzeld. Zo'n huurhuisje waar steeds andere mensen in logeerden, was in wezen van niemand, een landschap. Hij hoefde niet het gevoel te hebben dat hij bij hen inwoonde. Maar vanaf het eerste moment maakte Walter Duinroos tot zijn huis. Hij haalde een geblokte deken uit het kamertje tegenover de douche en drapeerde hem over de bruine bank. De kapotte tv en de kinderstoel zette hij in de keuken. Hij kocht tien ansichtkaarten van de rode vuurtoren in de mist, plakte ze aan elkaar en zette zijn 'skyline van vuurtorens', zoals hij het noemde, op de schouw.

Van de souvenirs die vorige gasten hadden achtergelaten maakte hij steeds andere stillevens op de lage tafel, die voor niets anders meer mocht worden gebruikt. Tijdens het wandelen keek hij amper om zich heen, maar staarde naar de grond, steeds op zoek. Zo kwam hij de eerste middag al thuis met een dode hagedis, een stuk visnet, een aangespoelde plank met Hebreeuwse letters waarvan niemand wist welke woorden ze vormden. De schelpen en scherven waarmee hij zijn stillevens maakte, waren aangespoeld, verloren, hierheen gewaaid. Ze waren van niemand, maar doordat Walter de hele dag bezig was met schoonmaken, afborstelen, schikken en herschikken maakte hij ze tot zijn eigendom. Al gauw begon dat getuddel Tom te benauwen. Hij kreeg steeds sterker het gevoel dat hij tussen Walters spullen leefde, een indringer was in Walters domein. Hij trok er alleen opuit en matte zich af met lange fietstochten. Hij stond op voor zij wakker waren, en keerde pas tegen het eind van de middag terug om te koken.

Het was hun derde avond op het eiland. Het was nog steeds warm en volkomen windstil. Ze zaten loom op de veranda. In een teil dreef een fles wijn, hun glazen stonden op de houten balustrade. Zo nu en dan vingen ze een paar woorden op van de bewoners van het huisje naast hen. Een kind moest naar bed, maar weigerde in alle toonaarden. Het gesprek kwam op de plank met de Hebreeuwse letters, waar Walter met een stukje schuurpapier wat splinters van afschuurde. Wat zou er staan? vroegen ze zich af. De naam van een schip, een merk sinaasappels, avocado's?

'Als het Hebreeuws is, is het vast een gebod,' zei Tom. En hij probeerde ze alle tien op te sommen, snel, om Walter te overtroeven: Gij zult niet doden, niet stelen... Pas halverwege voelde hij dat hij een gevaarlijk onderwerp had aangesneden. In zijn ijver om het gesprek naar zijn hand te zetten, had hij zijn eigen val gezet. Hij wist dat Willemijn bij Walter hoorde en toch was hij meegegaan om voor haar te koken, naar haar te staren, en haar weer te ontlopen als het hem te machtig werd. Wanneer hij haar in haar rode bikini op het strand zag liggen, wenste hij dat hij naast haar lag. Wenste vurig dat Walter een brief kreeg dat hij met spoed naar huis moest komen. Dat Walter zelf ziek werd en afdroop, of te ver ging zwemmen in zee. In zijn hoofd overtrad hij alle geboden tegelijk en door elkaar – hij wist het en toch ging hij ermee door.

Hij voelde het aankomen, maar keek toch verschrikt op toen Walter enthousiast, met opgeheven wijsvinger, alsof hij een raadsel oploste, riep: 'Niet echtbreken.'

'Ja, die noemt en vergeet iedereen als eerste,' zei Willemijn, en ze leek niet meer te bedoelen dan ze zei.

'Niet begeren uws naasten huis, geit, vrouw... Wat was het ook weer, Tom?' vroeg Walter, en ook Willemijn keek hem vragend aan.

Tom boog zich voorover om de plank die nu aan Walters voeten lag op te pakken. Het zweet brak hem uit. Hij voelde zich net een kind dat wegduikt achter een rug, bang dat het voor het bord moet komen. Toen hij overeind kwam, keek hij recht in het gezicht van

Walter, die spottend naar hem glimlachte. 'Wat hebben we nog meer? Die van de sabbat heb ik nooit goed begrepen. *Sunday, bloody sunday* heette die film niet zo?'

Toms verwarring was Willemijn niet ontgaan. Ze wist niet hoe ze hem moest duidelijk maken dat ze Walters vrouw niet was, en dat hij haar mocht begeren, begeren, o ja... Als ze tien was had ze het wel geweten. Als ze bij hem in de klas zat zou ze een cd met pianosonates van Mozart meenemen en vragen of hij die het laatste uur wilde draaien. Voor geschiedenis haar opa interviewen die de oorlog nog had meegemaakt. Tijdens het speelkwartier naast Tom gaan lopen, en haar boterhammen met hem delen. Over haar dode hamster vertellen, haar dode oma, haar vriendje Walter, die heel onverwacht bij een afgrijselijk ongeluk was omgekomen. Ze had nooit een kamer met Walter moeten delen, duidelijker moeten zijn, van meet af aan. Maar hoe kon je duidelijk zijn, als je zoveel gedachten tegelijk had? Haar hoofd leek wel zo'n huis zonder deuren, waarin alles in elkaar overliep.

Vanochtend op het strand had Walter haar rug ingesmeerd. Het was voor het eerst dat hij zo lang haar blote huid aanraakte en ze was nieuwsgierig of er iets gebeuren zou, met hem, met haar, of er een vonk zou overslaan. Toegewijd, zonder zich ervan af te maken deed hij wat hij moest doen, als een verpleger die een oude dame waste. Over haar schouder glimlachte ze even naar hem, wervend, dacht ze. Maar misschien was haar verlangen ook te vaag, lag het aan haar, want Walter leek niet te merken dat ze wilde zeggen: ga je gang, laten we maar zien wat ervan komt. We zijn niet alleen, maar het strand is breed en niemand hoeft te merken dat je bezig bent me te verleiden om vanavond of straks of nu meteen hierachter in een duinpan... Tom maakt een wandeling om het eiland, en is niet voor vanavond terug.

Walter draaide de dop weer op de tube en stond op om wat langs zee te lopen. Hij had geen zwembroek aan, alleen zijn schoenen uitgetrokken, zijn mouwen en broekspijpen iets opgerold. Toen hij na een minuut of wat weer terugkwam, voelde ze voor het eerst in al die jaren weerzin tegen hem. Tegen zijn tengere, krachteloze verschijning. Tegen zijn smalle handen met de lange vingers, pincetten van vlees die heel secuur een dode krab uit een kluwen zeewier konden vissen. Zoals hij daar liep, een beetje gebogen, zoekend naar nog mooiere schelpen, deed hij haar aan die melancholieke man uit *Dood in Venetië* denken. Walter was jonger natuurlijk, maar net zo bleek, ging op zijn manier even gesoigneerd gekleed met zo'n zelfde strooien hoed. Alleen de wandelstok en de zwarte mascaratranen ontbraken. Ze had zin om ruzie met hem te maken, hem af te bekken. Ze voelde verwijten, die ze te lang had opgekropt en die nergens op sloegen: hij had niets verkeerd gedaan, alleen maar iets níet gedaan. Als dat wat zij misten niet hier kon ontstaan, in het warme zand, met vlak voor hen de zee, de schuimende branding, dan nooit, dan nergens.

Ze rechtte haar rug toen hij voor haar neerknielde. Hij drukte de schelpen die hij gevonden had in het zand, als een aureool om haar voeten. Hij toonde haar een roze schelpje 'net een teennagel', maar zij keek niet eens, staarde voor zich uit naar de golven en trapte met haar voeten zand en schelpen van zich af, driftig en net zolang tot ze het harde koele zand tegen haar hielen voelde schuren.

'Wat is er?' vroeg hij, terwijl hij zijn schelpen in veiligheid bracht.

'Hij valt me tegen.'

'Wie?'

'Tom.'

'Waarom dat nu ineens?'

'Dat kan ik niet uitleggen. Maar hij irriteert me.'

Walter keek haar verwonderd aan.

Met een bruusk gebaar wreef ze de tranen uit haar ogen. 'Het was geen goed idee hem mee te vragen.'

Omdat Walter haar zo aankeek, en ze geen antwoord had op de vragen die hij ging stellen, sprong ze overeind en rende weg, de zee in. Ze wist dat Walter haar niet zou volgen. Hij hield niet van water, hij bleek niet eens te kunnen zwemmen.

Ze leunde tegen de houten balustrade en nam een slok van haar wijn. Het was nog niet helemaal donker, maar de vuurtoren sprong al aan. Het bleke licht scheerde om de zoveel tellen over de bosrand. Walter had een schaakbord gepakt, en stak een olielamp aan, terwijl Tom de stukken opzette. Zodra de partij afgelopen was zouden ze het dorp in gaan. Willemijn maakte zich van de balustrade los, en bleef verloren op de veranda staan. Ze wilde ontsnappen maar wist niet waarheen.

'Ruimte genoeg,' had Walter gezegd toen hij Tom meevroeg. Er zou ook ruimte genoeg zijn, als zij zich maar niet zoveel illusies had gemaakt. Niet zo lang stil had gestaan, zoveel vergeefse gedachten had besteed aan de vraag wie waar sliep, of had moeten slapen. In een andere omgeving kon er veel veranderen, maar niet alles. Een eiland was geen tovercirkel.

'Als ik gewonnen heb, gaan we naar het dorp, goed?' vroeg Walter, die haar zag aarzelen. Hij boog zich weer over het bord dat op een klein tafeltje stond. Zijn zwarte haar raakte bijna het blonde hoofd van Tom.

Ze liet haar beslissing of ze mee zou gaan van hem afhangen. Als hij thuisbleef, ging zij met Walter mee naar het dorp. Ze moest hem even alleen spreken om te zeggen dat ze beslist naar de stad terug wilde, morgen al. In haar huis, driehoog achter, was het vast minder broeierig dan hier. Tom keek even van het schaakbord op. 'In De Zeeman staan snookertafels, dat is wel een aardig café.'

'Maar ik ga naar bed,' zei ze, 'wat lezen.' Ze boog zich naar Walter toe, en zoende hem op zijn kruin.

'Ga nou mee,' drong hij aan en hij pakte haar pols. 'Als je wilt, gaan we nu meteen.'

'Ik sta het hele jaar al in een café. Ik heb vakantie, ja.' Ze trok zich los. 'Gaan jullie maar samen.'

Walter keek haar bevreemd aan. Ze ontweek zijn blik, had het zelf ook gehoord, die sneer in haar laatste zin. Alsof zij liever samen uitgingen dan met haar, haar alleen maar uit beleefdheid meevroegen. Ze begreep niet waar die afgunst vandaan kwam.

'Als het niet om mij is dat Tom altijd maar om ons heen hangt, is het dan soms om jou?' had ze Walter gevraagd. En nu vroeg ze het zich weer af, en ook of de belangstelling niet wederzijds was. Het was een vermoeden dat Walter stellig zou ontkennen, maar híj had voorgesteld nog iemand mee te vragen, hij had erop aangedrongen, hij had Tom uitgenodigd. Waarom? Zo goed kenden ze hem niet.

Ze keek naar Toms met peroxide gebleekte haar dat aan de wortels al begon uit te groeien in dezelfde kleur als het haar op zijn armen. Ze kon zich niet vergissen, ze voelde de spanning, nu terwijl haar blik op zijn arm rustte, die hij uitstrekte naar het glas op de vloer om met zijn ogen langs haar benen te mogen strijken. Maar misschien was hij zo'n man die alleen opwinding voelde zolang ze *nicht zu haben* was, van een ander, en zou zijn interesse in haar onmiddellijk verflauwen zodra hij ontdekte dat er geen reden was voor jaloezie?

Tom merkte dat ze hem observeerde, want hij sloeg zijn ogen op, en vlug weer neer toen ze hem bleef aankijken. Toch had hij het in haar bijzijn nog nooit over een vrouw, vriendin of meisje gehad. Wie weet bloosde hij om Walter – en niet om haar – toen het ging over begeren van wat je niet toebehoorde. En kwam hij alleen maar zo vaak in het café bij haar aan de bar zitten, omdat hij via haar Walter wilde benaderen. Achter de rijen met flessen was een spiegelwand. Misschien hoopte hij, zonder het zelf te weten, in de spiegel een glimp van Walter op te vangen, die achter hem de tafeltjes bediende. Haar blik ging van de een naar de ander. Was zij alleen maar hun alibi? Ze keek naar het bleke, heldere licht van de vuurtoren. Stond het maar eens stil, ving het hen maar in zijn bundel. Misschien zouden ze dan eindelijk zien wie ze waren, en wie bij wie hoorde.

Tijdens het snookeren spraken ze nauwelijks. Walter had het wel geprobeerd, maar Tom had al zijn aandacht bij het spel nodig. Wanneer Walter aan de beurt was, liep hij weg om bij de jukebox naast de bar een paar nieuwe liedjes uit te kiezen. Nu zaten ze aan een tafeltje aan de rand van het snookerzaaltje. Het was er niet druk, bijna iedereen zat in het belendende café. Tom liet zijn blik op een meisje van een jaar of zestien rusten, dat met haar vriend een partij snooker speelde. Ze moest het nog leren, en iedere keer wanneer ze aan de beurt was, vouwde haar vriend zich om haar heen, om de biljartkeu net weer iets anders tussen haar vingers te leggen.

'Ze doet me vaag aan Wim denken,' zei Walter. 'Toen ze jong was.'

Tom veerde op. 'Kende jij haar toen al? Nee, toch?'

'Alleen van foto's.'

Weer dwaalde Toms blik af naar het meisje. Walter keek hem onderzoekend aan. Vanavond toen Tom blozend naar de grond dook, had hij het begrepen. Dacht hij het te begrijpen en hij snapte dan ook niet waarom Tom niet had aangedrongen dat Wim mee naar het dorp ging. Tom mocht haar graag, besefte Walter nu, heel graag, zo graag dat hij er raar van werd. Hij had Toms gevoel voor haar verkeerd ingeschat, dat was hem nooit eerder overkomen: wat Wim en de mannen betrof, kreeg hij altijd gelijk. Als hij zei 'die man is niets voor jou', werd het ook niets. Niet omdat hij het verbood, maar omdat Wim het op den duur zelf ook inzag. Hij moest haar vaak tegen haarzelf beschermen. Ze begreep niet dat mannen haar soms maar wat voorlogen om hun zin te krijgen.

'Wat vind je eigenlijk van haar?' vroeg Walter.

'Ik ken haar niet en ik val niet op jong.'

'Van Wim, bedoel ik.'

Tom keek omhoog, naar de ventilator boven de snookertafel en onderdrukte een zucht. 'Ze is erg... bijzonder, jouw Willemijn.'

Walter aarzelde. Hij kon het misverstand laten voortduren, zoals hij meestal deed, maar dan zou Tom zo stuurs en zwijgzaam blijven. De avond was nog lang. Wat had hij te verliezen? Hij was wel benieuwd hoe snel Tom zou toehappen, en waartoe dat zou leiden.

'Ze is erg bijzonder, ja, maar niet de mijne. Had je dat nog niet begrepen?'

Tom trok even zijn wenkbrauwen op, maar herstelde zich en zei: 'Nee, vrouwen zijn niet meer ons bezit. Die tijden zijn voorbij.'

'Ben je verliefd op haar?' vroeg Walter, en hij probeerde niet te grijnzen.

Zonder met zijn ogen te knipperen keek Tom hem strijdlustig aan. Voor het eerst die avond was het schichtige uit zijn blik verdwenen. 'Ik had je er niet mee lastig willen vallen, maar nu je het vraagt: ja. Ik heb mezelf overschat. Ik had nooit met jullie mee moeten gaan.'

Hij pakte Walters lege glas uit zijn hand, wilde opstaan en ermee naar de bar lopen, maar Walter hield hem tegen.

'Wim en ik delen een huis, we brengen veel tijd samen door, ik ben gek op haar en zij op mij maar dat is het...'

Tom keek hem vragend aan.

'Dat is het,' herhaalde Walter koel, want hij wilde niet nog meer uitleggen.

'En dat bed dan?'

'Wat is daarmee?'

'Jullie bed...' Tom liep rood aan, zag Walter, terwijl hij degene was die zou moeten blozen. 'Dat bed met die idiote lijst... Dat engelenbed. Daar slaap jij toch ook in?'

'Een engelenbed, zei je?' Walter forceerde een lachje, maar het wilde niet lukken. 'Zonder het te weten, wist je alles.'

'Wist ik wat?'

'Heb je ooit een afbeelding gezien van engelen die met elkaar vrijen?'

Tom staarde hem aan, hield zijn adem in.

'Van engelen die elkaar met huid en haar beminnen?

De liefde bedrijven, paren, neuken, of hoe je het ook noemen wilt?'

Tom schudde zijn hoofd, langzaam begon het hem te dagen.

'Ik ook niet,' zei Walter en nu was hij het die Toms lege glas uit zijn hand nam, en zich uit de voeten maakte.

In hoog tempo dronken ze door, want Tom wilde steeds maar klinken. Toen hij van zijn verbijstering bekomen was, wilde hij weten of hij een kans maakte. Een kans, bij Willemijn? Geamuseerd hoorde Walter hem aan. Hij wist het niet, een week geleden dacht hij het te weten, maar nu niet meer. Vanmiddag, op het strand had ze zich over hem beklaagd. Ze was opvallend prikkelbaar, geïrriteerd hoewel Tom op dat moment in geen velden of wegen te bekennen was.

'Heeft ze het wel eens over mij?' drong Tom aan.

'Ja, hoor...'

'En?' Tom maakte een onbeholpen gebaar, alsof hij niet alleen een touwtje in zijn schoen had, maar helemaal van losse touwtjes aan elkaar hing. Het ontroerde en ergerde Walter tegelijkertijd. Dezelfde jongen die het niet laten kon hem te corrigeren wanneer hij een taalfout maakte, bracht nu geen zin meer tot een goed eind.

'Mag ze me... Zou ze...?'

'Als ze je niet mocht, had ze je niet meegevraagd,' loog hij.

'Was dat haar idee?'

Nee, het was zijn idee geweest. Het was Wims idee geweest naar Duinroos te gaan en hij had daar aanvankelijk geen spat zin in. Hij was niet zo'n buitenmens en zag er tegenop een week met haar alleen in een huisje aan zee door te brengen. Dat was toch misschien te veel van het goede, te Hollands-huwelijks, het enige dat ontbrak waren de blonde peuters in de bolderkar. Als hij thuis even lucht nodig had, ging hij alleen de stad in, drinken, bij vrienden langs. Hier was maar een dorp, geen bioscoop en kende hij niemand. Tom moest er maar voor zorgen dat ze niet op elkaar uitgekeken raakten.

'Haar idee, mijn idee, dat weet ik niet meer. We kennen elkaar al zo lang dat we vaak hetzelfde denken.'

'Maar voelt ze wat voor me?'

Walter glimlachte gegeneerd, bij de herinnering aan hoe hij haar Tom uit het hoofd had gepraat. Niet zoals hij wel vaker deed door achteloos te zeggen dat dit geen man voor haar was, maar met stevige argumenten die aan iedere twijfel een eind maakten. Ruim een week geleden toen Tom voor het eerst bij hen thuis kwam, had hij hen op Wims verzoek alleen gelaten. Toen hij na een halfuur terugkwam viel het hem op dat Tom zich verstrooid gedroeg, alsof hij er met zijn hoofd niet bij was. Een minnaar in spe zou toch gretiger om zich heen kijken, naar haar meubels, foto's, boeken om meer, zoveel mogelijk van zijn geliefde te weten te komen? En dat had hij Wim ook verteld, meteen toen Tom weg was. 'Ik zie het aan alles. Hij is niet verliefd op je.' Misschien had hij wat terughoudender moeten zijn, want wat wist hij ervan, van zo'n soort passie?

Hij schraapte zijn keel. 'Ze had niet de indruk dat jij op haar viel. Zij is niet iemand die zich dan nog verder opdringt.'

'Nee, zo iemand is ze niet.'

Naarmate de avond vorderde kreeg Walter spijt dat hij het touw had laten vieren. In het begin amuseerde

Toms kalvergedrag hem nog wel, maar al gauw ging het hem tegenstaan. Het leek wel alsof hij alles wat hij weken voor zich had gehouden, in één nacht wilde uitschreeuwen. Een soldaat met verlof. Walter was blij dat hij hier niemand kende, want op de fiets naar huis rijmde Tom er dronken op los over Willemijn... met wie hij wilde zijn... Een paar keer had Walter de neiging uit te roepen dat hij niet zo hard van stapel moest lopen. Maar hij was bang dat zijn uitval verkeerd begrepen zou worden, vragen zou oproepen. De vraag hoe het mogelijk was dat Walter nooit naar haar had getaald, in al die jaren niet, terwijl hij nota bene naast haar sliep. Vond hij Willemijn dan niet aantrekkelijk? Had hij soms een andere vriendin, een vriend, een ongelukkige liefde?

Zolang Tom zong en opging in zijn geluk stelde hij geen vragen, dus liet Walter hem maar en hield zijn ergernis die gestaag uitdijde voor zich. Hij probeerde Tom niet te horen, luisterde naar het monotone gezoem van zijn dynamo en keek naar de vliegjes die in het licht van zijn fietslamp zwermden. Ze zagen het oranje dak van Duinroos al in het maanlicht, toen Tom plotseling remde en van zijn fiets afsprong.

'Ik moet je iets vragen.'

'Kom Tom, ik wil slapen.'

'Het is belangrijk. Wil jij mijn *go-between* zijn? Het is niet dat ik het niet tegen haar durf te zeggen, maar ik vind het moeilijk. We gaan nu al weken met elkaar om, als vrienden, meer niet, en om dan ineens van toon te veranderen, ik zou niet weten hoe...'

Als vrienden, meer niet, dacht Walter en hij drukte zijn lippen op elkaar om zijn gekrenktheid te verbergen. '*The go-between*? Is dat niet die film over een jongen van een jaar of twaalf die heen en weer gestuurd wordt met liefdesbrieven?'

'Van een aristocratische vrouw aan een boer in de buurt. In het begin weet het jongetje niet eens waar de brieven over gaan.'

'Ga je haar een liefdesbrief schrijven?'

Tom schudde ongeduldig van nee. 'Zou jij haar willen overbrengen – vannacht of morgenochtend wat je wil, dat moet je zelf weten, wat jou het beste moment lijkt – zou je haar willen zeggen dat ik enorm... nou ja, in je eigen woorden. Al vanaf de dag dat ik haar zag, maar ik ben niet iemand die zich ergens tussen wringt.'

'Ja, hoor,' zei Walter vlug, om zichzelf de rest te besparen. Het stak hem dat Tom zich geen moment leek af te vragen of hij misschien niet toch ergens tussenkwam.

Tom gooide zijn fiets in de berm en omhelsde hem. Walter voelde zich bevriezen, niet door de aanraking, niet door zijn adem die naar bier rook, maar van woede. Tom was gelukkig, voorbarig gelukkig, belachelijk gelukkig. Zo gelukkig alsof Wim al de zijne was, alles in kannen en kruiken, zijn lot bezegeld.

'Dank je, dank je,' hoorde hij Tom in zijn oor blazen. Kille ergernis maakte plaats voor een ander soort kou, een die zijn hele lichaam deed tintelen. Hem deed groeien, nog verder boven Tom uitsteken dan hij al deed. Terwijl ze naar huis fietsten en Tom hem vertelde dat hij een fantastische vriend was, zo kort als ze elkaar kenden, zijn beste vriend, bedacht Walter dat hij de boodschap niet meteen over hoefde te brengen. Hij kon het uitstellen, zo lang hij wilde. Het nooit zeggen, als hij dat wilde. Als hij het verkoos, zou er niets veranderen, zou alles bij het oude blijven.

Wim had het ganglicht en de rieten lamp boven de eettafel voor hen laten branden. De paarse klaver die de vorige huurders in de gaatjes van het rotanvlechtwerk hadden gestoken, was allang verlept, zag Walter en hij haalde ze eruit en gooide ze in de prullenmand. Het liefst zou hij nu het hele huis opruimen, een kast schoonmaken en opnieuw indelen, zoals hij thuis deed wanneer hij rusteloos was. Maar hij was bang om Wim te wekken.

Hij keek naar de dichte deur van hun slaapkamer. Hij wilde daar nu niet binnengaan. Hij wilde alleen zijn, maar Tom maakte nog geen aanstalten om naar bed te gaan. Waar moest hij heen? Er restte hem niet veel anders dan te wachten tot Tom eindelijk ging slapen.

Terwijl Tom in de keuken verdween om iets te eten te maken, boog hij zich over zijn stilleven op de lage tafel. Op een gebroken witte zijden shawl van Wim had hij een lege bleekroze eierschaal gelegd met donkere spikkels, die iemand op de schouw had achtergelaten. Later had hij nog twee handen zand van het duin geschept en dat over de shawl uitgestrooid. Het was een gaaf ei, er ontbrak maar een scherf. Volgens hem was het ei kapotgepikt en leeggeslobberd door een roofvogel, maar Wim dacht dat het gewoon was uitgebroed. Wim had geen oog voor wreedheid, niet in mensen en niet in de natuur.

In gedachten verzonken liep hij om de tafel heen, toen Tom binnenkwam met boterhammen en twee glazen melk. Walter bleef besluiteloos staan. Misschien moest hij morgen een paar grote grashalmen naast het ei leggen, daar, of daar?

Ze zetten zich aan de eettafel en aten zwijgend. Walter zat iets van Tom afgekeerd en liet zijn blik op zijn stilleven rusten. Als kind was hij al gefascineerd door het strand van Panorama Mesdag. Niet door de geschilderde horizon met het toverlicht, maar door het echte zand met een aangespoelde klomp, een stuk visnet, een plank.

Hij keek op, doordat het licht veranderde. Tom had een tikje tegen de rieten lamp gegeven en knikte naar Walter. Over de witte muur achter hem trok een stoet van ruitvormige vlekjes, het was alsof de muur zelf bewoog.

'Zo'n lamp hadden wij vroeger thuis ook,' zei Tom. 'Als ik afgeleid moest worden, deed mijn moeder de gordijnen dicht, het licht aan en tikte tegen de lamp. Dat is een van mijn eerste herinneringen: dat we thuiskomen van vakantie, ik huil. Mijn moeder pakt mijn hand en wijst de dingen aan, maar ik durf haar niet los te laten. Pas als zij het licht aandoet, en de vlekken over de muur dansen, weet ik dat ik hier woon.'

Tom keek hem verwachtingsvol aan. Hij leek nog iets te willen gaan zeggen, maar bedacht zich. Was die herinnering maar een aanloop naar iets dat hij wilde, maar niet durfde vragen? Walter besloot de vraag waar hij zo beducht voor was niet af te wachten en stond op.

'Denk jij dat ze kinderen wil? Ooit? Later?' vroeg Tom.

Walter was te verbaasd om boos te worden. 'Ga je niet wat snel?'

'Ik heb altijd kinderen gewild.'

'Je hebt er dertig in de klas.'

'Ik wil er drie, minstens. Ik weet ook al hoe ik ze wil noemen.'

'Je hebt te veel gedronken, Tom. Zij weet nog van niets en jij rebbelt al over kinderen.'

Tom knikte, nam nog een slok van zijn melk en stond op. Hij wankelde niet, maar liet alle deuren achter zich openstaan. Walter hoorde hem de wc binnengaan, een eindeloos lange plas doen en even later de trap op lopen, langzaam alsof hij niet alleen zichzelf maar ook Willemijn en hun drie kinderen naar boven droeg. Een schoen, en nog een vielen op de houten vloer, een stoel werd omgegooid en toen werd het eindelijk stil in Toms kamer onder het dak.

Walter aarzelde wat hij zou doen. Hij wilde lezen, maar zijn boek lag op het hoofdkussen, naast Wim. Hij liep naar het boekenrekje naast de kachel en bekeek de titels op de ruggen. Er stonden voornamelijk detectives en doktersromans, een dik boek 'naar de serie' *Upstairs Downstairs*, en een rijtje versleten Engelse pockets. Het enige gebonden boek was het rode gastenboek. Hij pakte het op, er stak een veertje uit. Hij liep met het boek naar de lage tafel, trok het veertje eruit en legde het naast het ei, schudde zijn hoofd, haalde het weer weg.

Het was te klein, maar iets grotere, rafelige witte veren, die hij op de dijk bij Het Posthuis had zien liggen, zouden mooi zijn, dramatischer dan gras. Hij stond nog bij de tafel in gedachten de compositie te veranderen, zich af te vragen of de niet al te grote vlerk van een meeuw misschien niet nog geschikter was, toen Tom weer binnenkwam. Hij droeg alleen een onderbroek. Het was voor het eerst dat Walter hem halfnaakt zag. Voor hij zijn ogen neersloeg zag hij nog hoe bruin Tom was en gespierd, stevig maar niet dik en licht behaard. Hij zag er niet slecht uit, alleen moest iemand hem eens zeggen zijn teennagels te knippen.

'Je vergeet het niet, hè?'

'Wat?' vroeg hij verstrooid, nog met het veertje in zijn hand.

'De boodschap over te brengen? *To be my go-between?*'

'Ik vergeet het niet. Maar ik kan niet beloven dat het er vannacht nog van komt.'

Tom keek naar de dichte slaapkamerdeur, en van daar ging zijn blik naar het veertje in Walters hand. 'Je had gelijk toen je dat zei, over engelen die niet vrijen... Niet met elkaar.'

Walter prees zich gelukkig dat alleen het licht boven de eettafel brandde en het in de rest van de kamer schemerdonker was, want hij voelde zich roder en roder worden.

'Het zou een heel gedoe zijn,' grinnikte Tom, 'dat geklapwiek en overal veren, veren, veren...'

'Ja,' zei Walter mat, 'een heel gedoe.'

Vlug boog hij zich over de tafel, pakte het veertje op en legde het terug in het boek. Keerde Tom zijn rug toe en liep naar het boekenrek, veinsde iets te zoeken. Pas minuten later, toen hij het bed boven zijn hoofd hoorde kraken, durfde Walter zich om te draaien.

Zonder te weten wat hij zei, had Tom het geraden. En zonder het te willen, had Walter het toegegeven. Gedoe – dat was precies wat het altijd voor hem was geweest. Hij kon er niets aan doen. Hij vond een aangeklede vrouw altijd mooier dan een naakte. Een vrouw die haar lange benen over elkaar sloeg honderdmaal aantrekkelijker dan een die haar benen voor hem spreidde. De geur van zeep of een pasgestreken blouse opwindender dan die van zoutig slijm, van zaad en zweet. Een vrouw die met hem praatte of naar hem luisterde was hem oneindig veel liever dan diezelfde vrouw, wanneer zij zijn hand pakte, driftig fluisterde omdat ze daar, nee hier, harder of zachter gestreeld wilde worden. Zo was het altijd geweest, met vrouwen en met mannen.

Met mannen ook. Van de eerste keer met een vriendinnetje toen hij negentien was, tot en met die keer in Florence met een Engelsman die al jaren in Italië woonde, had hij de lichamelijke liefde banaal gedoe gevonden, iets waaraan hij zich niet kon overgeven. Het was een merkwaardige sensatie geweest wakker te worden in een kamer waar een strijkplank stond met alleen maar mannenhemden. Te douchen in een badkamer waar scheerspullen rondslingerden, en geen lippenstiften of tampons. In die zin had hij zich wel op zijn gemak gevoeld bij die man, maar het vrijen had hem niet kunnen bekoren.

Misschien was je niet verliefd genoeg? had Wim geopperd, toen hij haar later opbiechtte wat hij had meegemaakt, en zou het je met een andere man wel bevallen? Hij had haar vraag niet beantwoord. Zelfs Wim kon hij niet alles vertellen.

Hij opende de slaapkamerdeur. Ze lag met haar rug naar hem toe, op de rechterhelft van het matras, onder het raam. De staande lamp uit de woonkamer stond aan zijn kant van het bed. Ze had nog wat liggen lezen, haar boek lag opengeslagen op de deken. De gele gordijnen had ze opengelaten, dat deed ze wel vaker als de maan vol was. Ze droeg een van zijn oude overhemden, een lichtgrijze met een dun wit streepje. Een van zijn lievelingshemden, dat hij zo lang mogelijk had gedragen. De versleten boord had ze afgeknipt en omgezoomd tot een laag, wit boordje, dat helder afstak tegen de bruine huid van haar hals.

Kon hij zichzelf maar vergeten. Zich vooroverbuigen, het haar optillen, haar hals kussen, haar toefluisteren dat het er maar eens van komen moest. Of beter nog: niets zeggen. Vanochtend, op het strand, toen hij haar schouderbladen insmeerde, had hij even de indruk dat ze iets van hem verlangde. Niet onbeheerst, maar laconiek. Ze glimlachte naar hem alsof ze wilde zeggen: waarom niet? Als we zoveel samen delen, waarom dit dan niet?

Hij ging op de rand van het bed zitten en streelde voorzichtig haar halflange haar, daar waar het haar op het kussen rustte. Hij wilde haar niet wekken, nog niet. Hij boog zich verder voorover, rook de zee. Door zout en zon waren sommige strengen veel lichter geworden, haast wit, als engelenhaar. Waarom had hij zoveel kansen voorbij laten gaan? Waarom had hij het drie maanden geleden niet geprobeerd, bij zijn terugkeer uit Italië toen ze onwennig, als vreemden haast, tegenover elkaar stonden?

Terwijl hij zijn koffers pakte om naar Nederland terug te keren en de stapel brieven zag die ze hem gestuurd had, werd het hem steeds duidelijker: dat hij haar wilde. Nog nooit in zijn leven had hij iemand zo gemist als Wim. Hij had haar brieven over de zakken van zijn linnen pak verdeeld, voor het geval zijn koffer zoek zou raken. Zijn zakken puilden uit, hij leek wel een smokkelaar, maar bij hoge uitzondering kon het hem niet schelen hoe hij eruitzag. Tijdens de terugreis wilde hij haar brieven overlezen, zodat de tijd sneller verstreek, hij al bij haar was voor hij haar terug had.

Maar in de trein kreeg hij zijn eerste bedenkingen, hoe noordelijker hij reisde, des te groter werden zijn bezwaren en toen hij voor haar stond wist hij het zeker: het kon niet. Hij voelde geen begeerte, geen opwinding, alleen maar schroom en de zekerheid dat als ze zich nu zouden uitkleden en naakt op hun bed gingen liggen, dit het eind van hun vriendschap zou betekenen. Ze zouden elkaar teleurstellen, hij haar evenzeer als zij hem. Ze zouden het niet voor elkaar kunnen verbergen, het kwam tussen hen in te staan, een muur van spijt.

Maar als het nu niet gebeurde, raakte hij haar ook kwijt. Hij begon zijn overhemd los te knopen. Als het niet aan Tom was, dan vroeg of laat aan iemand anders, die minder onhandig was, geen *go-between* nodig had. Wim zuchtte in haar slaap, strekte haar benen krachtig, als in een spasme, trapte zichzelf bloot. Er was een knoop van haar hemd losgesprongen en een tepel glipte tevoorschijn. Hij keek ernaar. Hij wist dat vrouwen het prettig vonden als je ze daar kuste, zo'n tepel tussen je lippen nam, met je tong beroerde – daar had hij over gelezen. Niet zo lang geleden was hij met een vrouw gaan eten die als voorgerecht slakken had besteld en toen ze opgediend werden had ze er een aan haar vork geprikt, een in knoflookboter gedrenkte slak, en glimlachend naar zijn mond gebracht. Hij wist wat hem te doen stond, maar hij kon het niet. Hij boog zich voorover, pakte de rand van het laken en dekte Wim voorzichtig toe.

Ze bewoog zich weer, kreunde zachtjes, zei iets. In haar slaap hoopte hij, maar ze opende haar ogen al. 'Hoe laat is het?'

'Laat. Ga maar weer slapen.'

'Hoe was het? Waar zijn jullie geweest?'

'In De Zeeman.'

'De Zeeman... o, ja De Zeeman? Komen daar ook alleen maar zeemannen?' vroeg ze hees, en wreef de slaap uit haar ogen.

'Nee, meisjes van zestien voor het eerst op vakantie met hun vriendje.'

Ze opende haar ogen wijder en keek hem onderzoekend aan. 'En wat hebben jullie daar gedaan, de hele avond?'

'Gepraat, gesnookerd.'

'Waarover gepraat?'

Het verbaasde hem niet dat ze dat vroeg. Als hij was doorgezakt met vrienden in de stad, deed hij altijd even verslag. Waarom nu dan niet? Hij hoefde niets achter te houden. In het café en op de fiets had hij zich door Tom laten meeslepen, maar nu hij hier zat, zoals hij zo vaak op de rand van hun bed had gezeten en zij hem net als altijd vroeg hoe het geweest was, wist hij dat er niets zou veranderen. Hij hoefde niets te verhinderen, want ze was niet geïnteresseerd in Tom, niet meer. Vanochtend op het strand had ze nog gezegd dat het geen goed idee was geweest hem mee te vragen. Morgen zou hij Tom apart nemen en hem vertellen dat Wim haar schouders had opgehaald toen hij de boodschap overbracht en dat het maar beter was dat hij vertrok, om pijnlijke scènes te vermijden.

'We hebben het over jou gehad,' zei hij kalm.

'Over mij?'

'Tom vroeg me je te zeggen dat hij nogal verliefd op je is.'

Ze keek hem geschokt aan. 'Op mij?' Haar ogen werden groot, fluisterend wees ze naar de kamer. 'Is-ie daar?'

'Nee, hij slaapt al.'

Ze streek een lok uit haar gezicht. 'Goh...' zei ze alleen maar, 'dus toch...' Ze had iets dromerigs in haar blik, maar ook iets ongerusts. 'Jij had toch ook niets in de gaten?'

'Nee, ik heb me vergist. Maar doet het er nog wat toe?'

Ze wees naar het plafond. 'Moet jij zo naar boven om hem te vertellen hoe ik over hem denk?'

'Nee.'

'Gelukkig maar.'

Hij draaide zich van haar af, om zijn opluchting te

verbergen. Hij had niet anders verwacht, maar voelde toch een lichte triomf. 'Waarom gelukkig?' vroeg hij en zijn mondhoeken krulden.

'Omdat ik het niet weet.'

'Niet weet of je verliefd bent of niet?'

'Jawel, natuurlijk ben ik dat.'

Natuurlijk was ze dat. Hij had het goed gehoord.

'Ik dacht dat het sneller over zou zijn als ik het voor me hield,' zei ze en legde haar hand op zijn rug.

Hij draaide zich om en keek haar aan. Hij dacht dat hij haar kende, door en door. Over andere mannen had ze altijd gepraat, was hij van elke minieme verschuiving in haar gevoel op de hoogte gebracht. 'Kijk niet zo verschrikt,' zei ze.

'Je ziet er helemaal niet... niet anders uit. Verliefde mensen zweven.'

Ze schoot in de lach, maar keek onmiddellijk weer ernstig en zweeg. Die ernst beviel hem niet. Om al die andere mannen hadden ze altijd gelachen samen. Wanneer ze verliefd was, maar ook als het uit was. Vooral als het uit was.

'Als je met Tom iets begint, is het niet voor even?' vroeg hij aarzelend.

'Nee, hè?'

Ze keek hem vragend aan. Ze wilde zijn raad, ze vertrouwde hem. Hij dacht aan wat Tom had gezegd over kinderen, de kinderen voor wie hij de namen al had. Tom was zesentwintig, Tom had een baan, Tom woonde alleen en wilde iemand om zijn leven mee te delen.

'Ik heb nog nooit een verhouding gehad die langer dan een maand duurde,' zei ze zorgelijk.

'Behalve met mij.'

'Ja, goed, met jou.'

Walter zweeg. Merkte ze dan niet hoe onverschillig

ze klonk? Alsof hij een laken was dat ze van zich aftrapte. Hij had het kunnen zien aankomen: mensen die geen oog hadden voor wreedheid, zagen die ook niet in zichzelf.

Nietsvermoedend begon ze hem omstandig uit te leggen wat ze hoopte, waar ze bang voor was. Als ze zich aan Tom bond, zou het zeker iets langdurigs worden en ze wist niet of ze dat al wilde. Ja, ze wilde wel, maar kon ze het ook? Was ze er wel geschikt voor?

'Wat moet ik doen?'

Hij was opgestaan en de kamer uit gelopen. Hij mompelde iets over 'dorst, zo'n dorst, ben zo terug...' Zo zacht mogelijk was hij naar de keuken gelopen, had de ketel opgetild, met water gevuld, het gas aangestoken, de lucifer in het blikje naast het fornuis gegooid. Hij had zijn best gedaan zo min mogelijk geluiden te maken, bang dat ook Tom halfontkleed en slaperig de trap af zou komen om hem hunkerend aan te kijken.

Ze vroeg hem om raad. Hem. Om raad. De beul vroeg de veroordeelde: wat moet ik doen? Hoe kon ze? Hij ontbeet met haar – al tweeënhalf jaar – trok dag in dag uit met haar op. Perste sinaasappels voor haar uit als ze griep had, maakte een kruik als ze menstruatiekrampen had, iedere maand, al zo'n dertig kruiken had hij voor haar met heet water gevuld en honderden potten thee gezet. Hij kende haar ouders, haar zussen, haar humeuren en kon nog steeds zeggen dat hij van haar hield. En nu moest hij haar adviseren te kiezen voor een man die haar bij hem zou weghalen? Die hem uit het engelenbed zou verdrijven?

Zacht scheldend liep hij door de kamer, pakte voorwerpen op, legde ze weer terug, brak de plank met Hebreeuwse letters in drift doormidden. Hij wilde haar vertrouwen niet beschamen, maar wat kon hij anders? Dadelijk zou hij met thee op de rand van het bed komen zitten – ze kende het gebaar. Hij zette altijd thee als er iets moeilijks was met een man. Door de thee zou ze weten wat hij op zijn hart had: niet doen Wim. Niet aan beginnen! Nu bewonder je Tom nog om zijn ernst, om zijn bezieling. Omdat hij weet wat hij wil. Een man is uit één stuk, met een eerste herinnering aan een koesterende moeder. Omdat hij kinderen van je wil, maar op een dag... Wat moest hij zeggen? Met welk argument kon hij het lot nog keren? Hij liet zich op de bank zakken, zette zijn ellebogen op zijn knieën, liet zijn hoofd in de kom van zijn handen rusten en keek naar het stilleven op de tafel. Naar de zijden doek, het zand, en het lege ei.

Het was nog geen acht uur geleden dat hij opnieuw de slaapkamer was binnengegaan. En zie, daar liepen ze de Badweg af. Ze raakten elkaar nog niet aan, maar keken wel voortdurend naar elkaar en praatten honderduit.

Het was een chaotische nacht geweest, als na een storm, niets stond meer op zijn plaats. Nadat hij Wim had gezegd dat het goed was, en dat ze het er maar op moest wagen, was hij met zijn kleren aan naast haar in slaap gevallen. Maar Wim kon de slaap niet meer vatten, stapte telkens over hem heen, om water te drinken, het licht aan te knippen, zichzelf in slaap te lezen en ten einde raad was hij in het kamertje tegenover de wc gaan liggen om tenminste nog wat nachtrust te krijgen.

Om half zeven werd hij wakker door het klateren van water. Wim was haar haar aan het wassen. Daarna stak ze steeds haar tulbandhoofd om de deur van zijn slaapkamer – hij haatte het als ze met een handdoek op haar hoofd rondliep. Wat zou ze aantrekken, wat moest ze aan? Wel drie keer had ze zich verkleed en moest hij haar vertellen hoe ze eruitzag. Tom was niet voor half tien wakker geworden, had daarna ook eindeloos lang staan douchen, scheren, tanden poetsen. Het wachten maakte Wim nog nerveuzer dan ze al was, tot nagelbijtens toe. Ze was kortaf en haar handen trilden door de vele koppen koffie.

Toen Tom rond tien uur eindelijk in een schoon, wit T-shirt aan het ontbijt verscheen, durfde hij haar amper aan te kijken. Willemijn zei ook niet veel en kon geen hap door haar keel krijgen. Om maar zo snel mogelijk van hun zinderende aanwezigheid af te zijn, te zorgen dat ze het verlossende woord tegen elkaar konden zeggen, had hij zijn laatste daad als *go-between* verricht.

'Zo, Wim, wat zijn jouw plannen voor de dag?' had hij opgewekt gevraagd.

'Wat langs het strand lopen, denk ik.'

'Daar heb ik geen zin in,' zei hij. 'Ik wil wat lezen. En jij, wat ga jij doen vandaag, Tom?'

'Ook wat langs zee lopen, denk ik,' zei Tom, haast onverstaanbaar.

'Nou gaan jullie dan maar, ik ruim wel af.'

Daar liepen ze. Tom pakte nu haar hand, zei iets, waarom zij lachen moest. Ze gooide haar hoofd in haar nek. De openslaande deuren waren dicht, maar hij hoorde haar hier lachen, ze schaterde het uit.

Walter sloeg zijn ogen neer.

Hij had het niet gekund. Terwijl hij wachtte tot het water kookte, merkte hij dat hij het niet kon. Het kwam door het ei, door het lege ei waar zijn blik steeds naartoe ging. Door het ei en het besef dat Wim kinderen wilde, ooit, later. En dat hij haar die niet geven kon, tenzij hij zich tot een nog veel grotere leugen dwong: te doen alsof hij haar begeerde.

Tom trok zijn schipperstrui uit en legde hem om Wims schouders. Als ze slecht geslapen had, was ze de hele dag rillerig, wist Walter, dan had ze kippenvel op beide armen, hoe warm het ook was.

Hoe lang nog zou hij zulke dingen van haar weten?

Hij drukte zijn voorhoofd tegen het koele glas van het raam en vervloekte de dag dat hij Tom had uitgenodigd. Blauw stond haar niet. En zo'n wollen, blauwe schipperstrui al helemaal niet, maar ook daarover had hij nu natuurlijk niets meer te vertellen. Zo'n trui maakte haar gewoontjes. Maar dat wilde ze toch? Er gewoon uitzien, een gewoon leven leiden, iemands vrouw zijn, Willemijn heten, bemind worden, kinderen krijgen. Misschien zou ze hem zo nu en dan bellen, 'om bij te praten'.

Hij huiverde. Als ze uit zijn leven verdwijnen moest, dan ook helemaal. Hij wilde geen huisvriend worden, niet de oom van haar kinderen, niet haar vertrouweling als Tom haar een keer bedroog – wat ooit gebeuren zou, daar was hij zeker van. Zo ging dat met mannen die zich overgaven aan hun driften – dat had hij haar vannacht moeten zeggen. Vroeg of laat viel hun blik op een andere vrouw, die nog meer hartstocht wekte. Nu liepen ze wel zo romantisch de Badweg af, maar eens zou er een onzichtbare derde tussen hen in lopen.

Waarom wilde ze dat meemaken, doormaken? Ze had genoeg gelezen en meer films gezien dan een gemiddeld mens, de zorgen aangehoord van mannen en vrouwen aan de bar, avond aan avond. Waarom wilde ze het dan toch, dit, het gewone, banale, terwijl ze het zich had kunnen besparen?

Walter maakte zich los van het raam en keek op zijn

horloge. Hij had nog genoeg tijd om af te ruimen en zijn tas te pakken. Nog tijd genoeg om een kort briefje te schrijven dat hij vertrokken was met de boot van kwart voor twaalf.

VI

Nooit een dagboek bijgehouden, iets opgeschreven om het later over te kunnen lezen. Maar nu is de aanvechting zo sterk dat ik heel vroeg ben opgestaan – de vuurtoren is nog aan –, een pen heb gezocht en papier. Vond niks, alleen dit boek. Dat moet dan maar. Straks knip ik het er wel uit. Vroeger had ik dat nooit gedurfd.

Ik kan niet zeggen dat ik het begrijp. Ik ben naar het eiland gekomen om een paar dagen alleen te zijn en nu moet ik zonodig praten, mompel hier ook veel vaker in mezelf dan thuis. Is het de stilte, de stilte van een vreemd huis, met andere geluiden? Gekraak dat ik niet kan plaatsen, een deken die anders ruikt, tegen het eind van het seizoen een beetje muf en klam. Komt het daardoor dat ik mijn eigen stem wil horen, zodat ik ten minste iets herken? Ik kijk hier geloof ik ook veel vaker in de spiegel. Ik wil het niet, maar het gebeurt vanzelf.

Niemand zal dit ooit lezen en toch wil ik het geschreven hebben. Waarom? Voor mezelf? Maar op het moment dat ik deze zin begin, weet ik toch al waar het naartoe gaat? Waarom dan al die moeite, mijn nachtrust onderbreken? Ze hebben me op het hart gedrukt goed uitgerust in het ziekenhuis te verschijnen. Mensen die bidden zeggen dat, nog voor ze neerknielen, God al weet wat ze gaan zeggen en toch knielen ze en toch bidden ze. Misschien is dit net zoiets.

Waarom wil je zo graag alleen naar het eiland? vroegen ze thuis. Omdat ik zelden meer alleen ben. Al vanaf de eerste onderzoeken in het ziekenhuis, dertien maanden geleden, tot het laatste, vorige maand, is er steeds iemand in de buurt. Om een zware tas te dragen, om me eraan te herinneren dat ik de vragen die ik voor de internist heb opgeschreven ook stel. Om me te helpen bij het huishouden, in de tuin, alles wat ik vroeger alleen deed. Vaak kan het niet anders en het is goed bedoeld, maar soms snak ik ernaar om weer alleen te zijn, zonder al die bezorgdheid.

Negen maanden lang leek het goed te gaan. Ik kwam weer aan, ondernam van alles, maar volgende week begint het opnieuw. Het is niet eerlijk – wat een onnozel woord – alsof ziektes eerlijk verdeeld worden, er een plan achter zit wie wat krijgt en hoe ernstig. Maar het geeft niet, ik verscheur dit toch weer. Was er niet een liedje: 'It's my birthday and I cry if I want to...?' *Het zijn mijn laatste uren op het eiland and* I cry if I want to. *Het is níet eerlijk dat mijn moeder die altijd maar liep te snaaien, roomsoesje in de ene hand, tompoes in de andere, achtentachtig is geworden en ik met ochtendgymnastiek en sla met pijnboompitten de zeventig niet haal. De zeventig misschien niet haal. Bij de vorige operatie dacht ik nog: een paar meter darm kan ik wel missen, maar dit voelt anders. Een soort prop, een tennisbal, links onder in mijn buik. Soms heb ik zoveel pijn dat ik mijn buik moet vasthouden. Ik word ook met de dag magerder. Ik wil niet steeds in de spiegel kijken, maar waarom hangt hij dan ook vlak naast de deur...*

Terwijl ze haar blik door de kamer liet gaan, in gedachten al bij haar volgende zin, zag ze de witte theedoek, die op het luik te drogen lag. Ze stond op en hing hem over de spiegel. Zo, dat had ze al veel eerder moeten doen.

Gisteren zat ik onder een boom, in het laatste bos voor Het Posthuis. Ik zat op de grond, in het mos met mijn rug tegen een boom, op een open plek in het bos te luisteren naar het geruis. De geur van warm zand en dennennaalden, de kruidige geur van vergelend blad, het zachte septemberlicht, geen angst, geen pijn, geen enkele gedachte behalve deze: waarom ga ik terug? Waarom blijf ik hier niet zitten wachten tot die tennisbal in mijn buik ontploft, zoals die paddestoel daar. Wat is het, een stinkzwam? Plof... tot stof zult gij wederkeren. Maar juist omdat ik zo gelukkig was, dacht ik even later toch: misschien valt er nog iets aan te doen, is het niet uitgezaaid en zit ik hier volgend jaar weer met mijn rug tegen een boom, op een open plek in het bos. Het is onmogelijk, genieten en niet hopen, niet verlangen dat je nog eens en nog eens... Jawel, ik kom terug. Als ik hier voor het laatst was zou ik dat weten en op de foto's van mijn buik was niets te zien.

Ik ben al vaker op het eiland geweest, het eiland was er al voor Edu, voor we kinderen kregen. 'Nee, niet om afscheid te nemen,' zei ik tegen Edu, die helemaal overstuur was dat ik juist nu iets zonder hem wilde doen, 'maar om op adem te komen.' Na de oorlog heb ik hier ook met vriendinnen gekampeerd, op Lange Paal. Mijn moeder was het er niet mee eens. 'Hoe wassen jullie je dan?'

'Als ik niet mag, ga ik toch.'

Het was de eerste keer dat ik zoiets tegen haar durfde zeggen. Raar, dat ik nu nog weet dat ze me tweeën-

vijftig jaar geleden op het hart drukte dat ik me altijd, ook al waste ik me bij een pomp, 'van onderen' moest wassen.

We waren hier, niet in Duinroos maar in Fazant, toen ik in verwachting was van Ingeborg. En vier jaar later toen Evelien net geboren was en er een korte ijstijd in ons huwelijk was vanwege, ach wat doet het er nu nog toe. Ja, het doet er wel toe. Sonja van Rees is een slettebak. Zo, dat lucht op. Wie doet nu zoiets? Je uitsloven voor een man die net voor de tweede keer vader is geworden. Genoeg. Ça suffit. *Ingeborg heeft hier leren lopen en leren fietsen hebben ze hier alle vier, dat durfden we omdat er zo weinig auto's reden. Hier bleven ze voor het eerst een nacht weg, hier vreeën ze voor het eerst met een jongen die ze hadden leren kennen op het strand, in De Zeeman of in De Stoep. Op het eiland gebeuren de dingen voor het eerst, zegt Edu altijd.* VLIELAND GROET U *staat er in witte letters op een groen bord bij de haven. Het is het laatste dat je ziet wanneer je wegvaart. Het kan toch niet zijn dat ik dat straks voor het laatst lees?*

Ik heb hier niet alleen de kinderen zien opgroeien, sprongen zien maken waardoor je weet: ze zijn weer groter geworden, maar ook mezelf. Dan fietste ik langs het wad, langs de ritselbosjes en dacht: drie jaar geleden fietste ik hier ook, helemaal in de war en net zo onrustig als die bladeren, waarom ook weer? Hoe radeloos ik ook aankwam, ik ging altijd kalmer weg. Hoe komt dat? heb ik me de laatste dagen vaak afgevraagd.

Ik wilde naar het eiland nu het nog kan. Wandelen, fietsen en gisteren heb ik zelfs in zee gezwommen. Het water is aan het afkoelen, de nachten zijn nu frisser dan aan het begin van de week, je ruikt de herfst al. Ik wilde nog één keer in zee zwemmen. Als kind ging ik met mijn vader zwemmen, iedere ochtend om half zeven bij hem achter op de fiets naar Scheveningen. Toen ik gisteren rillend de zee in liep – mijn knieën waren al door en ik probeerde een hoge golf te ontwijken die op mijn buik afkwam, de golf waar ik al mijn leven lang bang voor ben – had ik het gevoel dat hij er was en zei: kom op Marleen, angsthaas. Het rare was dat ik geen leeftijd meer had, hij is altijd in de buurt wanneer ik de zee in loop. Ik had geen leeftijd, en ik was niet ziek.

Aan zee heb ik mijn eerste dode gezien. Doden. Mijn eerste dode waren er meteen een heleboel, zwarte doden in gestreepte kaftans. Ze hoorden bij een circus dat net was aangekomen en met zijn elven of dertienen vormden ze 'De levende piramide'. Ze klommen op elkaars schouders, liepen rondjes door de piste, heel Den Haag sprak erover. Maar ze hadden nog nooit in zee gezwommen en wisten niet van getijden en stromingen, niet dat de zee zelfs een piramide omver kan werpen. Toen ik met mijn vader het strand op liep, was er juist een aangespoeld, een lange man, door zijn gestreepte kaftan leek hij nog veel langer. Mijn vader pakte mijn hand, trok me vlug de andere kant uit, maar daar spoelde er nog een aan. Het ging maar door, iedere golf gooide een nieuwe dode op het strand.

Waar spoel ik aan, als het zover is? Of spoel ik niet aan, los ik op?

Ik wil niet opgebaard worden in een jurk of blouse met streepjes. Zal ik alvast iets klaarleggen voor ik het ziekenhuis in ga? Een briefje opspelden is misschien toch beter. Als ik zeg 'dit wil ik aan in mijn kribbetje', is het al zo definitief, alsof je een koffer pakt om op reis te gaan. En misschien gaat het helemaal niet gebeuren, en pak ik volgend jaar mijn koffer om een paar dagen naar het eiland te gaan.

Als ik ze tegenkom, die zwarte reuzen, in het hiernamaals, zeg ik: Ik ken u… I know you *of wat we daar ook spreken. Hiernamaals, ik heb iets tegen het woord. Alsof me nog een uitgebreid hierna te wachten staat, met allerlei gebeurtenissen, ontmoetingen, herenigingen. Als ik me er iets bij voorstel is het eerder een flits, een inzicht zoals ik dat nu, nu ik het weet, soms heb. Zoals vannacht over mijn moeder, iets dat begon te dagen, maar toen ik erover wilde nadenken, ontglipte het me weer. Een inzicht maar dan over meer – over dingen waarvan ik nog niet eens weet dat ik ze zou willen begrijpen – en dat daarom eeuwigheid heet.*

Ben de tweede nacht in het blauwe kamertje boven gaan slapen. Ik wilde een eenpersoonsbed, maar in de kamer tegenover de wc is het licht zo groen. Daar voelde ik me opgesloten, een scheepje in een fles. Ik moest steeds aan de operatiekamer denken, al die groene wezens om me heen vlak voor ik insliep. Toen ik het bed aan het opmaken was en uit het raam keek, fietste er een vrouw langs met een handtas aan haar stuur. Ze keek naar boven, heel even maar, en zag me en knikte. Ik knikte terug want ik vond het een prettig idee dat zij wist dat ik daar sliep. Ik zou het niet erg vinden in mijn slaap te sterven, maar wel dat ik daar dagen zou liggen zonder dat iemand het merkte.

Ik lag op mijn rug en keek naar het blauw geverfde dakbeschot, precies de goede kleur blauw, heel zacht als van een voorjaarslucht, en vroeg me af wat ik mijn kinderen heb meegegeven. Wat ik achterlaat. 'Dat je nooit boos moet gaan slapen,' zei Evelien vlak voor mijn eerste operatie. 'Als we ruzie hadden, kwam je altijd nog even naar boven, want je wilde niet dat ik boos insliep.' Ik knikte, was blij dat Evelien er uit zichzelf over begon. Maar vannacht dacht ik: wat een kale onzin. Heb ik dat beweerd? Ik, die nog steeds zo boos ben.

Na de begrafenis van mijn moeder heb ik Evelien bekend dat ik nooit van mijn moeder heb gehouden. Nooit? vroeg Evelien. Ja, in de wieg misschien, maar niet zolang ik me kan herinneren. 'Is het om dat konijn?' vroeg Evelien, die alles onthoudt, ze heeft mijn geheugen. 'Is het toen misgegaan?' Misschien, maar misschien is er geen oorzaak. Misschien lagen we elkaar van meet af aan al niet.

'Maar, mama, dat verhaal heb ik al zó vaak gehoord.'

'Over Harry? Nou, sorry, ik vertel je nooit meer wat.'

'Ik bedoel niet jouw Harry, maar konijnen, kippen, duiven van andere kinderen die op een dag... Huisdieren hadden toen nog niet de status die ze nu hebben, niet die sentimentele waarde.' En toen kwam ze weer met zo'n sociologisch praatje. Maar het blijft walgelijk en het kan me niet schelen dat in honderden gezinnen hetzelfde gebeurde. Dat doet aan de wreedheid niets af. Ik was dol op Harry, veel doller dan op mijn broertje Ron, de oogappel van mijn ouders, hun eerste zoon. Ik zoende Harry op zijn roze konijnenneus, nam hem op schoot, aaide hem tot mijn handen gloeiden en bracht hem schoteltjes met lekkere hapjes. Harry groeide als kool en ik ging iedere dag meer van hem houden.

'Misschien hadden ze heel erge honger?' zei Evelien. 'Het was toch oorlog, of crisis?'

Het was geen oorlog, het was gierigheid en anders niets.

Nu weet ik wat ik tegen mijn moeder had moeten zeggen. 'Als er dan zo nodig vers vlees op tafel moest komen, had Ron dan genomen!' Maar zoiets zegt een kind van zes niet, ik keek haar alleen maar aan en van haar naar de grote, zwarte pan en naar de vork in haar hand, het mes op de bebloede vleesplank.

Terwijl ik dit schrijf word ik weer boos. Dat het bijna vierenzestig jaar geleden is gebeurd maakt blijkbaar niet uit, boos en misselijk word ik als ik die glimmende zwarte pan voor me zie en Harry's lege hok.

Of komt dat weeë gevoel in mijn maag door de tennisbal? Daardoor begon ik dit voorjaar te vermoeden dat er toch weer iets mis was, ondanks de foto's waarop niets te zien was. Soms word ik 's nachts wakker uit een droom waarin ik in verwachting ben, en dat duurt dan nog even, in verwachting van de jongste, van onze Maarten, die net veertig is geworden, van hem was ik toen ook zo misselijk.

Het ging altijd om geld. Daarom moest ik ook meteen van school toen ik niet meer leerplichtig was. Ze hadden een zaak die aardig liep, klokken en horloges, mijn vader repareerde ze, mijn moeder stond in de zaak. Ze hadden me die school moeten laten afmaken. Het was allemaal vrekkigheid en anders niets. Waarom een konijn kopen bij de poelier, als je er een hebt rondlopen? Waarom een kind laten doorleren als het kan verdienen? Ik was een goede leerling en had met gemak de middelbare school kunnen afmaken, studeren ook, een taal, dat had ik wel gewild.

Er is nog iets, maar ik geneer me ervoor het op te schrijven. Waarschijnlijk omdat het zo hemelsbreed ver en onbereikbaar is, schaam ik me het te bekennen, zelfs als niemand het leest: ik had willen schrijven. Nu ik dit schrijf op papier dat niet eens van mij is, besef ik eens te meer dat ik dat het liefst gewild had. Schrijven, een boek, een verhaal, liedjes. Al had ik maar één liedje geschreven waarvan iedereen een paar regels kent, één regel zou al mooi zijn. 'Margootje, Margootje, ze klimt op mijn broodje...' Of: 'Geachte cliënte, 't is lente...' Ook toen ik allang op kantoor zat, was het bij ons thuis verboden in je vrije tijd te doen wat je wilde. Lezen was wat ik het liefste deed, maar zodra ik met een boek op schoot zat kwam mijn moeder aan met een verstelwerkje. Wij moesten altijd 'iets nuttigs' doen. Dat zit erin geramd, dat zit zo diep als dat konijn. En dat begrijpt Evelien niet als ze zegt dat ik ook later nog, toen ik getrouwd was, had kunnen studeren of schrijven. En dan komt ze weer met allemaal voorbeelden van vrouwen die, dwars tegen de verdrukking in, toch gedaan hebben wat ze in hun hoofd hadden. Goed, maar zo'n vrouw ben ik niet. Probeer me toch niet altijd te veranderen. Als je zo opgevoed bent als ik, valt het niet mee om op een dag als je dertig of veertig bent aan een tafel te gaan zitten en te schrijven over wat er in je omgaat. In iets te geloven dat er nog niet is. Dat wel bestaat, maar alleen in je verbeelding en dan nog heel ijl als... als dat veertje hier. Ik kon dat niet.

Door die ziekte weet ik nu dat zelfs mijn lichaam niet van mij is. Ik heb er altijd goed voor gezorgd, maar het heeft me verraden. Zoals een man je kan verraden door aan je liefde te ontsnappen. Eigenlijk heeft een mens niets, behalve een naam en op de een of andere manier begreep ik dat op het eiland altijd beter. Omdat hier ook niets van mij is. Niets waarvan ik hier zo geniet kan ik het mijne noemen. Iedere zomer was er wel een moment dat ik dacht: woonden we hier maar of hadden we hier maar een vakantiehuis. Ook nu dacht ik toch weer even: kon ik Duinroos maar aan de kinderen en de kleinkinderen nalaten. En dat kan niet. Er staan hier niet zoveel vakantiehuizen, er wordt er maar zelden een bij gebouwd, dat mag niet; daardoor blijft het hier zoals het is, zo weids. Zelfs huren lukt niet altijd.

Maar dat ik hier altijd alleen maar te gast was, stemde me gek genoeg tevreden. Alsof ik als gast iets begreep waarvan ik altijd doordrongen zou willen zijn. Ook als ik niet met vakantie was, maar thuis.

Ik heb, schat ik, nog een paar maanden. Het heeft geen zin te bedenken wat ik had willen doen met mijn leven. Dat is nu bijna voorbij. Het is beter dat ik het onder ogen zie, probeer het onder ogen te zien. Het heeft geen zin me voor te stellen dat iemand iets van mij leest, al is het maar één enkele gedachte die ik aan het papier heb toevertrouwd. Want dat gebeurt niet meer. Ik zie mezelf nog eerder beter worden dan dat dat gebeurt.

Maar ik zou niet wrokkig willen sterven, niet zo boos op mijn moeder. Zij kon er tenslotte ook niets aan doen dat ze beperkt was, fantasieloos, kortzichtig. Overheersend ook, mijn vader had niets in te brengen. Als ze jarig was, zei ze wat je voor haar moest kopen. Dat kocht je dan en gaf je haar, blij dat je met het juiste cadeau kwam aanzetten, ook al was het geen verrassing. Maar dan was het weer niet goed. Het was nooit goed. Dan wilde ze weten waar je het gekocht had en wat het kostte en dan werd ze weer nijdig omdat je je had laten afzetten. Altijd had ik me laten afzetten. 'Je kunt toch wel íets aardigs over haar bedenken?' vroeg

Evelien laatst, en dat zij dat zelf niet kon was mijn schuld, voegde ze er terloops aan toe.

Vanaf de dag dat ik trouwde en het huis uit ging, heb ik afstand genomen. Om de twee, drie maanden ging ik mijn ouders opzoeken, schreef zo nu en dan een briefje om ze op de hoogte te houden. Gelukkig woonden we ver. Als ze me uitnodigden voor een verjaardag, zei ik altijd dat het te ver was. Ik ben een lafaard. Ik lijk op mijn vader. Toen ze niet meer in de zaak kon staan vanwege moeilijke voeten, kwam ze een keer per jaar een paar dagen bij ons logeren. Dan kreeg zij de grote kamer van Ingeborg, er kwamen klossen onder het bed en ik legde een handdoek over het bureau zodat ze toch een kaptafel had. Ze verzorgde zich goed, tot het laatst, dat heb ik van haar. Als ik 's ochtends thee bracht was ze altijd bezig haar haar te doen. Wit haar, dat tot op haar schouders viel, ze borstelde het eindeloos, draaide het dan tot een knot waarin een witte vulling werd gemoffeld. Alles aan haar was wit, haar nachtpon, de schuifjes, de paarlemoeren haarkammen, haar armen, wit en mollig als mozzarella. Ik herinner me nog de geur die in Ingeborgs kamer hing wanneer mijn moeder daar sliep: een mengeling van talkpoeder en moeizame winden.

Ze bewoog te weinig. Liep op mijn leeftijd al met een stok en op maatschoenen die leken op de klossen onder de poten van haar bed. Zat de hele dag in een stoel bij het raam de Libelle *te lezen en zei dat ze het naar haar zin had, genoot van het uitzicht op de tuin, 'ja heel mooi die afrikaantjes of wat zijn het', maar volgens mij miste ze het geluid van trams, van de winkelbel, de roddels van klanten. Zodra de kinderen thuiskwamen stopte ze hun een paar gulden toe en stuurde hen naar een banketbakker voor saucijzen-*

broodjes, gebak of ander vet geluk dat ze van mij niet kreeg.

Ze is in haar slaap gestorven. Ze wist dat ze sterven ging, dat hoorden we later van de opticien. Ze had haar leesbril laten repareren, maar toen hij belde dat ze hem kon komen afhalen, zei ze dat ze haar bril niet meer nodig had. Toen ik bij haar op bezoek was, voor het laatst maar dat kon ik toen nog niet weten, liet ze me uit. Ze liep helemaal mee, de winkel door waar mijn schoonzus een klant hielp, naar de stoep om me uit te zwaaien – dat deed ze anders nooit. Twee dagen later was ze dood. Uit bed gevallen, in coma geraakt en niet meer wakker geworden. Zij heeft wel afscheid van mij genomen.

Niemand kan mij vertellen wat me te wachten staat, wat er zal gebeuren tijdens het sterven en of er daarna nog iets is – een landschap, een open plek in een ruisend bos, een inzicht? Maar dat mijn moeder althans iets wist, al was het maar wanneer ongeveer ze zou sterven, maakt de dood iets minder obscuur. Ze wist dat ze haar bril niet meer nodig zou hebben. Ze wist dat ze mij nooit meer zou zien. Ze wist dat het laatste weten nabij was.

Vanochtend heel vroeg werd ik wakker doordat ik iets dacht te horen, voetstappen op de trap, gekraak van papier en een geur, een frituurlucht. In mijn halfslaap dacht ik even dat die vrouw het was, die hier iedere avond langsfietst. Dat ze de trap op liep en kwam kijken hoe het met me was. Ik bleef stil liggen, probeerde me te herinneren wat ik gedroomd had en waar die frituurlucht vandaan kwam. Wat ik gedroomd had wist ik niet meer, maar wel herinnerde ik me dat mijn ouders iedere woensdagavond samen naar de bioscoop gingen. We vonden het niet erg dat zij wel en wij niet iets leuks gingen doen, want ze namen altijd een kroket voor ons mee. Daar werden we speciaal voor wakker gemaakt, mijn zus, mijn broertje en ik, iedere woensdagavond, jarenlang.

Ik was al klaarwakker zodra ik ze maar hoorde, het open- en dichtgaan van de glazen winkeldeur, de etalageruiten die meetrilden, hun voetstappen, gedempt door de kleden in de winkel, luider op de tegels in de gang, weer zachter over de kokosmat de trap op. Ze haastten zich, trokken niet eens hun jas uit, anders zouden de kroketten afkoelen en dan waren ze lang zo lekker niet meer. Ik weet niet wie zich meer verheugde: mijn moeder, wanneer ze mij rechtop in bed zag zitten, of ik, wanneer ik haar zag binnenkomen terwijl ze het zakje uit haar handtas haalde, het opende en met veel gekraak de kroket tevoorschijn haalde. Rillerig van de slaap nam ik mijn eerste hapje en ik weet nu nog hoe het smaakte. Hoe het voelde in mijn mond, tongpunt tegen het ruwe warme korstje dat pas meegeeft als je je tanden erin zet...

Toen ik vanochtend vroeg wakker werd met die herinnering, had ik er nog niet zoveel gedachten bij. Ik wilde alleen zo vlug mogelijk mijn bed uit, een pen zoeken, papier, tegen iemand praten, over haar, over het eiland. Ik wil ook niet te veel aan die ene gelukkige herinnering vastknopen, maar ook niet niets.

Ze heeft van me gehouden. Ze heeft van me gehouden. Op haar manier. Daaraan denken als ik dinsdag de operatiekamer word binnengereden. Niet aan wat ze me belet heeft te doen, te worden. Niet aan Harry.

Ze hield op met schrijven, en keek om zich heen. Op het eiland was niets van haar, en in dit huis evenmin, het belangrijkste kon ze niet meenemen. Toch zocht ze iets om in het ziekenhuis naar te kijken. Om aan te raken als ze pijn had of misselijk was. Iets dat haar aan deze dagen zou herinneren, aan deze nacht, aan de stilte, een paar schelpen of een dennenappel die nog naar bos rook... Ze boog zich weer over het papier, omdat haar nog iets inviel.

– Schaartje zoeken. Deze bladzijden er zo netjes mogelijk uitknippen. Geen naai-etui bij me, ik heb het nog in mijn hand gehad, maar dacht: ik ga op het eiland geen verstelwerkjes doen. In mijn toilettas misschien... Ik had mijn hoofd er niet bij, door Edu die steeds maar om me heen liep, helemaal in de war als een kater die voelt dat het baasje op reis gaat. Dadelijk piest hij nog in mijn tas, dacht ik.

- *huis opruimen*
- *tuinstoel in het berghok*
- *afsluiten*
- *sleutel onder de mat*
- *fiets wegbrengen*

Ze leunde achterover, legde de pen weg. Ze hoefde zich niet te haasten, ze haalde het met gemak. Ze had nauwelijks bagage bij zich, zo gepakt. Ze stond op en liep door de kamer om de gordijnen te openen. Ze keek uit over de duinen en dacht: het is ochtend, en ik ben er nog... Dauw glinsterde op het helmgras, maar verder leek alles te slapen; alsof het eiland nog even in bed gekropen was.

Alle tijd om bij Zeezicht een kop koffie te drinken op het terras, daar zag je de boot al van ver aankomen.

Nu was het nog wat heiig, maar het werd vast een mooie, heldere dag. Misschien bestelde ze er wel een kroket bij, die nooit zo kon smaken als die van voor de oorlog in Den Haag, maar dat gaf niet en het gekraak dacht ze er ook wel bij. Of zou ze na het ontbijt weer te ziek zijn om nog iets naar binnen te krijgen? Beter maar helemaal niet ontbijten. Het was te hopen dat de boot niet al te erg schommelde. Stel dat ze zeeziek werd. Dan zat ze daar maar op die houten banken, zonder iemand die haar een zakje kwam brengen of een glas water, moederziel alleen naar één punt te staren om niet nog zeezieker te worden... Niet aan denken, niet bang zijn. Het waaide niet eens, het werd een kalme overtocht. Ze kon rustig een kroket bestellen. Ja, daar kon ze zich nu echt op verheugen. Dat ze straks bij Zeezicht in de septemberzon een hapje zou nemen van een kroket, terwijl ze wachtte tot de veerboot haar kwam halen.

Het huis is winterklaar. De dekens, moltons, onderslopen haal ik morgen op. De gordijnen neem ik pas mee als de dekens klaar zijn, alles op zijn tijd. Het gas is uit, de hoofdkraan dicht, de waterkranen zijn ontlucht. Zout in de wc zodat het water niet bevriest. Het luciferblikje is geleegd en nog als nieuw, niet geroest, nog geen deukje erin; dat kan nog wel een jaar mee.

De schelpen, zoveel schelpen, een halve plastic zak vol. Als ik alle schelpen had bewaard die ik in Duinroos had gevonden, zou ik het dak en de muren ermee kunnen beplakken. Maar weggooien – iets weggooien dat een ander van het strand heeft opgeraapt, in een zakdoek gewikkeld, hier mee naartoe genomen, afgespoeld, neergezet op de schouw of op een van de vensterbanken in de slaapkamers – weggooien kan ik niet. Het is maar goed dat ik Duinroos alleen schoonmaak, want een ander zou me voor gek verklaren en misschien ben ik ook gek dat ik al die schelpen ieder jaar weer verzamel en naar zee terugbreng.

De dennenappels gooi ik thuis in de haard, daar zijn er weer zoveel van en als ze in rook opgaan blijven ze toch ook op het eiland. Maar die hagedis met alle pootjes er nog aan, die lange grashalmen in dat flesje, wat doe ik ermee? Misschien is die hagedis iets voor kleine, voor kleine, kom... Wat erg dat ik de naam van mijn eigen buurjongen niet meer weet, dat is al de zoveelste keer deze week dat ik niet op iemands naam kan komen. Je kunt zo'n kind niet aanspreken met 'hé' of 'ventje', ik had een ezelsbruggetje voor hem, maar hoe ging het ezelsbruggetje ook weer? De buurman heet Bart en de buurjongen Bram, kleine Bram krijgt de hagedis. Het spikkelei laat ik op de schouw, dat sneuvelt in mijn tas en wie weet kan een insect erin overwinteren.

En de rest? Waarom schepen ze mij ermee op, laten ze mij de boedel verdelen? Misschien moet ik volgend seizoen toch eens een briefje ophangen: de gasten dienen hun dierbare vondsten mede te nemen, of weg te gooien. Die paarsblauwe flessenhals is zo glad afgesleten, die heeft jaren in zee gelegen, net een moderne ring, en dat witte takje is hier al in de eerste weken van het seizoen terechtgekomen. Niemand heeft het weg kunnen gooien, alleen al daarom kan ik het ook niet. Ik doe het allemaal in de schelpenzak, voor terug naar zee.

Ik heb nog drie kwartier voor het postkantoor sluit. Ik wil het gastenboek vandaag nog naar meneer Duinroos opsturen. Geen idee of hij het leest, maar het boek hoort bij het huis en het huis is door hem gebouwd, met zijn eigen handen, al ik weet niet hoe lang geleden. Maar eerst mag ik het zelf lezen.

Wat is dit nu, een heel stuk eruit!

Wie scheurt er nu zomaar zes, zeven bladzijden uit een boek? Je ziet meteen dat er een hap uit is, alsof een kind de schaar in zijn eigen haar heeft gezet, alleen groeit dit niet meer bij. Dit is nog nooit gebeurd. Of wel, hier, acht jaar terug: twee bladzijden aan elkaar geplakt. Dat was al een kwelling voor me, ik moest me echt inhouden om ze niet toch van elkaar te peuteren met een scherp mesje of een nagelvijl en te zien wat ik beslist niet mocht lezen.

Wie doet nu zoiets? Eén bladzij eruit begrijp ik nog, vanwege een vlek of een rare verschrijving. Niets voor die vrouw – zij moet het haast wel geweest zijn – de laatste gast, de weken daarvoor heeft iedereen wel een paar woorden in het boek gekrabbeld. Een heel verzorgde vrouw, geen rafelig type, donker, recht afgeknipt haar met een spierwitte lok van voren. Elegant gekleed was ze, rode broek, rode trui, rood-witte gymschoenen, shawl in het haar, ook met allemaal felle kleurtjes. Toen ik woensdagavond langsfietste had ze haar draai nog niet gevonden. Ze liep net de veranda op toen ik het bos uit kwam, ging daar zitten, maar toen ik langsfietste was ze alweer opgesprongen en drentelde door de kamer. Op de terugweg was ze in het kleine kamertje boven het bed aan het opmaken.

Haar kleren waren heel jong, maar er was iets in hoe ze zich bewoog, iets wankeligs, waardoor ik me afvroeg of het wel verstandig was dat ze boven ging slapen. Ze was tenslotte alleen en de trap is nogal steil, met maar één leuning en stel dat er nog iets was blijven liggen, een stukje macaroni of iets anders. Eens zien, wie zaten er daarvoor? De zusters noemde ik ze, drie Indische dames van diep in de zeventig. Die hebben ook prachtig weer gehad. Een had een looprekje, liep iedere avond een stukje de Badweg op en neer, heel diep gebogen over dat knalblauwe rekje. Je zag dat het haar veel moeite kostte, maar ze heeft in al die weken geen avond overgeslagen. Ze bedanken voor *een aangenaam verblijf*. Vinden zich zeker te oud voor een voornaam, hebben ondertekend met *de zusters van Zetten*. Een had een looprekje, Rekken-Zetten. Wat was er ook weer in Rekken-Zetten, dat ik die plaatsnaam nooit meer vergeet? Geen idee, maar nu komt het me wel van pas dat de kranten er ooit vol van stonden.

Er vallen toch gaten. Eind augustus zat er een echtpaar van een jaar of vijftig van wie ik dus nooit zal weten hoe ze heten. Hij deed iedere avond buikspieroefeningen in een trainingspak op de veranda en dan hield zij zijn voeten vast. Daarvoor waren er drie jongelui. ... *In Duinroos werd een stille liefde, een grote liefde, Tom en Willemijn...* Die lange jongen zag ik op een ochtend naar de boot gaan. Hij viel me op, want hij droeg een hoed en onder zijn arm een zwarte paraplu en liep een beetje voorovergebogen, alsof hij iets verloren was.

Van half juli tot half augustus was hier de familie Wagenaar, 'de muziekfamilie'. Vader, moeder en ik weet niet hoeveel kinderen. Geen idee waar ze die te slapen hebben gelegd, op luchtbedden, op de bank, in de duinen? Iedere avond zongen ze, meerstemmig, ik stapte er speciaal voor van mijn fiets. Van ver klinkt muziek altijd mooier; een liedje op de radio uit een open raam, of de fanfare die ergens in een duinpan repeteert... Hier weer een gat. Ieder jaar zijn er toch weer gezichten, die nooit een naam krijgen.

Ter herinnering aan een xxxxxxxxx week op Vlieland, Simone, Nils, Karlien, Roos. P.S. de tekening heeft Karlien gemaakt (een portret van haar ouders).

Een gelukkige week, een onvergetelijke week, een gedenkwaardige? – we zullen het nooit weten. Maar doorstrepen is altijd nog beter dan uitscheuren. Ze waren hier trouwens niet één week, maar drie! In juni, een van de slechtste junimaanden sinds jaren. Hem kwam je overal op het eiland tegen, knalrood, diep gebogen over zijn stuur alsof hij de Tour de France moest winnen. Eén keer heb ik even met hem gepraat, toen liep hij in zijn eentje te foeteren.

Betty Slaghek heeft hier haar achtenvijftigste verjaardag gevierd. Kennelijk gaat het weer wat beter met ze. Herman krijgt praatjes en Betty schildert weer. Het eerste jaar was ze helemaal pafferig van verdriet. Nu ik weet hoe ze er normaal uitziet, herinner ik me dat ze het eerste jaar zo opgeblazen was, in haar gezicht vooral, alsof het verdriet er niet uit kon. Maar dat begreep ik pas later, toen ik gelezen had wat er met hun zoon Evert was gebeurd, in Melbourne. Volgend jaar is het alweer vijf jaar geleden.

De oude man aan wie Herman Slaghek zich ergert, omdat hij een halflege pot zilveruitjes in de koelkast heeft laten staan, heet dus Leo. Lange Leo, dat onthoud ik wel. Leo hoopt hier nog eens terug te komen met zijn dochters en kleinkinderen. Geen woord over een vrouw, die zal er dus wel niet meer zijn. Van hem had ik meer verwacht dan één zin dat hij nog eens terug hoopt te komen. De eerste dagen zat hij, iedere keer wanneer ik langsfietste, met een pen in zijn hand aan de eettafel. Ik dacht nog: dat belooft wat voor het gastenboek.

De Engelse zin van Sanne schrijf ik nu maar even over. De vader van Bram moet me maar vertellen wat het betekent. Ik heb wel een vermoeden, maar ik wil het zeker weten. Er wordt al zo weinig in het gastenboek geschreven en wat er staat wil ik begrijpen. Dana, had ik al gelezen, maar nu begrijp ik het: de Slagheks hebben de slaaplap van haar zoon Floris aangezien voor een vieze doek en... Vreemd, dat me dat nu pas opvalt, die witte theedoek over de spiegel. Dat moet de laatste gast gedaan hebben, de vrouw in het rood die waarschijnlijk ook al die bladzijden eruit gescheurd heeft. Waarom? Je kon zien dat ze een mooie vrouw was geweest, en nog was, niet iemand die bang hoefde te zijn om in de spiegel te kijken. Ik haal hem weg, meteen, vroeger bedekten wij de spiegels wanneer er een dode in huis was.

Zo, het gastenboek in de envelop, de envelop in mijn tas. Ik mag niet hopen dat het uitscheuren van hele bladzijden een gewoonte wordt, want dan zijn we zo bij het eind. Toen ik hier tien jaar geleden kwam schoonmaken, lag het boek er al. Het was er altijd en het zal niet vol komen, niet tijdens mijn leven. Ik hoop tenminste van niet; het lijkt me zo kaal hier een nieuw boek neer te moeten leggen met allemaal onbeschreven bladzijden, geen woord, niet één naam. Alsof je op een eiland terechtkomt waar niemand woont of gewoond heeft, een zandplaat.

Ik mis iets... het veertje. Nog een wonder dat het zo lang is blijven liggen. Iedere keer wanneer ik even langskwam om een raam te sluiten of een licht uit te doen, zag ik dat het nog tussen de bladzijden lag, dat veertje dat ik eind maart aan de rand van het bos heb gevonden. Nu is het weg. Weggeraakt, weggewaaid, meegenomen?

Kom, als ik de zak nu naar zee breng ben ik nog op tijd bij het postkantoor. Ik noem het geen weggooien. Het zou toch kunnen dat alles wat ik dit jaar terugbreng naar zee – de schelpen, de scherven, het takje – volgend seizoen weer aanspoelt, en opgeraapt wordt door de volgende gasten? Dat steeds andere handen dezelfde dingen aanraken, bewonderen, een plaats geven. Dat niets ooit verloren gaat.